U0097322

古典詩歌研究彙刊

第七輯

龔鵬程 主編

第 15 冊

王安石詩研究

梁 明 雄 著

國家圖書館出版品預行編目資料

王安石詩研究／梁明雄 著 —— 初版 —— 台北縣永和市：花木蘭
文化出版社，2010〔民 99〕
目 2+170 面；17×24 公分
（古典詩歌研究彙刊 第七輯：第 15 冊）
ISBN 978-986-254-130-2（精裝）
1.（宋）王安石 2. 學術思想 3. 傳記 4. 宋詩 5. 詩評
851.4515   99001798

ISBN - 978-986-254-130-2

9 789862 541302

古典詩歌研究彙刊
第七輯 第十五冊   ISBN：978-986-254-130-2

王安石詩研究

作　　者　梁明雄
主　　編　龔鵬程
總 編 輯　杜潔祥
出　　版　花木蘭文化出版社
發 行 所　花木蘭文化出版社
發 行 人　高小娟
聯絡地址　台北縣永和市中正路五九五號七樓之三
　　　　　電話：02-2923-1455／傳眞：02-2923-1452
網　　址　http://www.huamulan.tw 信箱 sut81518@ms59.hinet.net
印　　刷　普羅文化出版廣告事業
初　　版　2010 年 3 月
定　　價　第七輯 20 冊（精裝）新台幣 28,000 元

王安石詩研究

梁明雄 著

作者簡介

作者梁明雄，台灣省彰化縣人，青壯從事公務，垂十八載，中年始轉任大專教職，傳道授業，終身以之。自幼對於國學典籍、詩詞文章夙具興趣。有感於中國傳統文化之博大精深，義縕無窮，有志一窺堂奧，考古證今；乃以文學為畢生志業，孜孜於經史之綜觀，文集之泛覽，追步先哲之後塵，掇綴珠玉於墳典。

早歲就讀東吳大學中國文學系，遊藝外雙溪畔。從學師友，固多俊彥，唯以年華青澀，智慮淺浮，業畢而學未就，因續入東海，再訪名師，韶光易駛，二載於茲。

此其間幸遇蕭所長繼宗教授、巴師壺天教授等宗師，得以入室受業，親沐聲欬。指導教授巴師時已年逾古稀，仍不辭車馬勞頓，每週往返北中授課。指迷證道，誨我諄諄，藹然仁者之風，誠攀慕之無從也。此文之成，實受其賜，身教言教，感戴獨多，典型雖遠，猶冀其有後起者乎。

提　　要

安石學宏思精，稟性高潔，故詩風峻切質直，了無含蓄，殆近韓體。晚年規撫老杜，博觀約取，始盡深婉不迫之趣。其詩上承歐梅，下啟西江，格高意妙，允推宋詩一大家。

政治與佛理之詩最具特色，雖是議論獨多，不免以文為詩之病，兼好模襲，頗多剽竊前人之迹；然下字之精，用事之切，對偶之嚴，意境之高，則世罕其匹，古今獨步。

詠史詠物諸作，亦多義理精深，情辭惻款，其中遣詞琢句，出入變化，常能言人之所未嘗；自立機杼，推陳翻新，迥出眾人意表。其於絕句用力特深，不惟精切藻麗，妙冠古今；亦且短語長事，超拔流俗，雅富山林閒適之氣，大非宋詩淺率疏淡之比。

約而言之，王安石詩之特點要有十端：翻案立異，借古比今，化凡為奇，束廣就狹，以文為戲，好用同字，愛用疊字，慣用代字，多用疑辭，善用語助。

目次

第一章　導　論

第一節　宋初詩壇

　　歌詠之興，自生民始，古者民俗歌謠，皆謂之詩，蓋「人生而靜，天之性也，感於物而動，性之欲也。夫既有欲矣，則不能無思；既有思矣，則不能無言；既有言矣，則言之所不能盡，而發於咨嗟詠嘆之餘者，必有自然之音響節奏而不能已焉，此詩之所以作也」（朱熹詩經傳序）。故李太白集中歷論諸家曰：「詩之興作，兆基邃古：唐歌，虞詠，始載典謨；商頌，周雅，方陳金石。其後研志緣情，二京彌甚；含毫瀝思，魏晉彌繁。」（詩人玉屑）元楊仲弘詩法亦曰：「詩體三百篇流爲楚詞，爲樂府，爲古詩十九首，爲蘇李五言，爲建安黃初，此詩之祖。文選劉琨阮籍潘陸左郭鮑謝諸詩，淵明全集，此詩之宗也；老杜全集，詩之大成也。」

　　詩分唐宋，或以唐詩爲正宗而雅正，宋詩爲別派而支離，歷來論詩者皆尊唐而黜宋，謂宋詩議論盛而興寄衰，氣韻弱而句格尚，至詆之曰「腐」。宋犖漫堂詩話云：「明自嘉隆以後，稱詩家皆諱言宋，至舉以相訾謷，故宋人詩集，庋閣不行。近二十年來，乃專尚宋詩，至吾友吳孟舉宋詩鈔出，幾於家有其書。」吳之振宋詩鈔序則謂：「宋人之詩變化於唐，而出其所自得，皮毛落盡，精神獨存」，因譽之曰

「新」，而謂「取材廣而命意新，不勦襲前人一字」。

然則時運交移，人因其境，質文代變，世異其辭，世代固不容軒輊，而唐宋亦各擅勝場，元傅與礪《詩法正論》稱：「唐人以詩爲詩，宋人以文爲詩，唐詩主於達性情，故於三百篇爲近，宋詩主於立議論，故於三百篇爲遠；然達性情者，國風之餘，立議論者，國風之變，固未易以優劣之也。」誠爲通論。巴師壺天〈論陳后山詩〉謂：「論我國詩者，往往非祧唐，即祖宋，大抵唐詩多以神韻興象擅場，宋詩多以筋骨思理見勝，曰唐曰宋，豈必朝代之殊，實亦體性之別；故唐人詩有開宋調者，宋人詩亦有類唐音者，不可一概論也。」（藝海微瀾）尤具卓見。

陳石遺《宋詩精華錄》，仿明高棅所分唐詩之次第，亦分宋詩爲四期，以元豐元祐以前爲初宋，西崑諸人比王楊盧駱，蘇梅歐陽方陳杜沈宋；由二元盡北宋爲盛宋，以王蘇黃陳秦晁張擬李杜岑高龍標右丞；南渡（曾）茶山（陳）簡齋尤（袁）蕭（東夫）范（成大）陸（游）楊（萬里）爲中宋，唐之韓柳元白也；四靈以後爲晚宋，謝皋羽鄭所南輩，如唐之有韓偓司空圖。至宋詩之演變，則如全祖望《宋詩紀事序》所言：「宋詩之始也，楊劉諸公最著，所謂西崑體者也。慶曆以後，歐蘇梅王數公出，而宋詩一變。涪翁以崛奇之調，力追草堂，所謂江西詩派者，而宋詩又一變。………」

宋初襲晚唐之遺音，加文人之藻翰，詞餘于意，人賊乎天，西崑體是也。此派以楊億（大年）爲首，錢惟演（希聖），劉筠（子儀）等十七人附和之，號其詩曰西崑酬唱集，宗奉李商隱，專以用典琢字，對仗工麗爲主。雖風采可觀，聳動天下，然多用故事，語僻難曉；尚濃艷而乏神韻，重形式而寡內容；無義山之深秀，而有其餖飣之患，捃拾飛卿之衣袍，而少其藻腴之潤，故爾對偶雖工，佳句殊少，石介《怪說》譏曰：「楊億窮妍極態，綴風月，弄花草，淫巧侈麗，浮華纂組。」四庫提要評曰：「西崑酬唱集詩，宗法唐李商隱，詞取妍華，而不乏興象，效之者失其本眞，惟工組織，於是有優拎搗搝之戲，石

介至作怪說以刺之。」

　　於時崑體盛行，固亦不乏沖淡閒遠之作，以與之抗，如王禹偁，徐鉉等專學白居易之平易雅正，是爲「白體」。不尙奇險瑰麗，純用唐音，獨開風氣，功雖不就，然歐陽文忠承其餘響，始克矯崑體之弊，厥績亦偉矣。太宗雍熙後，復有林逋，寇準、潘閬、魏野等法晚唐賈島，號「晚唐體」，重鍊句而忽鍊意，愛近體而輕古體，雖與白體各立門戶，並轡文圍，然無碍西崑之獨霸也，迨梅蘇出而宋詩始變。

　　梅堯臣詩主深遠閒淡，不尙詞華，其詩論以爲：「詩家雖率意而造語亦難，若意新語工，得前人所未道者，斯爲善也。必能狀難寫之景，如在目前；含不盡之意，見於言外，然後爲至矣。」蘇舜欽愛作長歌，其詩以奔放爲主，迥異乎梅堯臣，故六一詩話論之曰：「聖俞，子美，齊名於一時，而二家詩體特異。子美筆力豪雋，以超邁橫絕爲奇；聖俞覃思精微，以深遠閒淡爲意。各極其長，雖善論者，不能優劣也。」其二人於詩體鼎革之功，有如沈德潛所述：「宋初台閣倡和，多宗義山，名西崑體，梅聖俞蘇子美起而矯之，盡翻科臼，蹈厲發揚。才力體製，非不高於前人，而淵涵渟蓄之趣，無復存矣。」

　　繼梅蘇之後，而有歐陽修承其緒，詩主昌黎，專尙氣格，獨抒胸臆，不事蹈襲，以平淡通達之詞，革西崑僻澀堆砌之病，簡易雄深，自成一家，故葉燮「原詩」論修與梅蘇曰：「本變崑體，獨倡新生，必辭盡於言，言盡於意，發揮鋪寫，曲折層累以赴之，竭盡乃止。」

　　其後蘇王並作，蘇詩豪邁超曠，如天馬行空，王詩精深簡淡，似游魚在水，建詩壇之新體，垂百代之軌範。安石尤以政治之領袖，爲翰苑之巨擘，上祖文忠之餘響，下導江西之嗣音，啓承之間，實爲津梁，故沈卓然跋之云：「風雅道衰，遞變而爲騷，猶未離於正，自漢以降，代有作者，而以唐爲盛。有唐一代，又以杜子美爲冠絕……宋代不乏以詩名家者，如歐陽修、蘇子美、梅聖俞、蘇東坡、黃山谷、范石湖、陸劍南諸公，咸傑出一時，是以嗣響唐賢而無愧，而王臨川以政治文章顯，其詩文則略與韓昌黎近。」

第二節　王安石生平

　　王安石，字介甫，初字介卿，小字獾郎，晚號半山，生於眞宗天
禧五年（按其生卒年有二說，本傳稱：「元祐元年卒，年六十八」，清
顧棟高著王荊國文公年譜據此上推生年，遂定爲天禧三年己未）然據
宋吳曾《能改齋漫錄》則曰：「王介甫，辛酉十一月十二日辰時生」，
錢大昕《十駕齋養新錄》中《王安石傳誤》，乃引長編載安石移書呂
惠卿，有「毋使齊年知」之語，齊年者，馮京也，馮京生於天禧五年
（見宋史卷三百十七），近人于大成氏《關於王安石二三事》，復引《酬
沖卿見別》（卷卅三）：「同官同齒復同科，朋友婚姻分最多」，沖卿即
吳充（宋史卷三百十二），生於天禧五年，王詩中亦屢使「白雞」事，
均爲酉生之證。此外宋人筆記中記載荊公生於辛酉或享年六十六之文
尚多，故宋詹大和甄老作《王荊文公年譜》，即據之謂：「眞宗皇帝天
禧五年辛酉公生於是年」，附刊於元大德本李璧箋註王荊文公詩卷
首，此據詹譜。）《宋元學案》卷九十八：《荊公新學略》中記其生平
甚中肯綮，茲錄之如下：

　　王安石，字介甫，臨川人，蚤有盛名，舉進士高第，簽書淮南節
度判官，召試館職，固辭。知鄞縣，三日一治縣事，起堤堰，決陂塘，
爲水陸之利，貸穀於民，立息以償，俾新陳相易，邑人便之。通判舒
州，以文潞公薦，再召試爲群牧判官，出知常州，提點江東刑獄，入
爲三司度支判官，獻書萬餘言，極陳當世之務。除直集賢院，累辭，
不獲命，始就職，除同修起居注，固辭，遂除知制誥。神宗即位，除
知江寧府，召爲翰林學士，未幾，參知政事。先生既執政，設制置三
司條例司，與知樞密院陳升之同領之，而青苗免役市易保甲等法，相
繼興矣。自變法以來，御史中丞呂誨等，力請罷條例司并青苗等法，
諫官孫莘老覺李公擇常胡完夫宗愈御史張天祺戩王子韶陳古靈襄程明
道顥，皆論安石變法非是，以次罷去，前宰相韓魏公琦，亦上疏論青
苗之害，先生稱疾求分司，不許。三年，拜禮部侍郎同中書門下平章
事，監修國史知制誥，其徒呂惠卿修撰經義，先生提舉王韶取熙河洮

岷疊宕等州，先生率群臣入賀，神宗解玉帶賜之，以旌其功。慈聖光獻皇后宣仁聖烈皇后間見神宗，流涕言新法之不便者，且言王安石亂天下，神宗亦流涕，退，命先生裁損之，先生重爲解，乃己。七年，神宗以久旱，益疑新法之不便，遂以吏部尚書觀文殿大學士知江寧府，明年，復拜同中書門下平章事。初，呂惠卿爲先生所知，驟引至執政，泊先生再相，苟可以中先生，無不爲也，會先生子雱卒，先生丐奉祠，以使相爲集禧觀使，封舒國公，又辭使相，乃以左僕射爲觀文殿大學士。元豐三年，改封荊國公，退居金陵，始悔恨爲惠卿所誤。哲宗即位，拜司空，明年卒，贈太傅，紹聖初，諡曰文，配享神宗廟庭。崇寧二年，配享文宣王廟，靖康元年，停文宣王配享，列於從祀，後又罷配享神宗廟，而奪其封爵。初先生提舉修撰經義訓釋詩書周官，既成，頒之學官，天下號曰新義，晚歲爲字說二十四卷，學者爭傳習之，且以經試於有司，必宗其說，少異，輒不中程。先生性強忮，遇事無可否，自信所見，執意不回，至議變法，而在廷交執不可，先生傳經義出己意辯論，輒數百言，解皆不能詘，甚至謂天變不足畏，祖宗不足法，人言不足邮。罷黜中外老成人幾盡，多用門下儇慧少年，久之，以旱引去，泊復相，歲餘罷，終神宗世八年不復召，而恩顧不久衰云。

第三節　王安石年譜

王安石，江西撫州臨川縣人，曾祖明，以子貴贈官，祖用之，衛尉寺丞，祖母謝氏，封永安縣君，父益，字損之，祥符八年進士，歷任方面，所至有聲，仕至尚書都官員外郎，通判江寧府，卒官，年四十六。安石兄安仁（常甫），次安道（勤甫），母徐氏出，公與弟安國（平甫），安世，安禮（和甫），安上（純甫），母吳氏出。子雱（元澤）、次旁。

宋眞宗天禧五年辛酉（一歲）：公生，時父爲臨江軍判官。
仁宗明道二年癸酉（十三歲）：父益丁憂解官，隨父還臨川。

景祐三年丙子（十六歲）：隨父益至汴京。

景祐四年丁丑（十七歲）：隨父益至江寧。

寶元元年戊寅（十八歲）：丁父憂家於江寧。

慶曆元年辛巳（廿一歲）：入京應禮部試。

慶曆二年壬午（廿二歲）：登楊寘榜進士第四名（第二名王珪，
　　第三名韓絳），旋簽書淮南判官。

慶曆三年癸未（廿三歲）：仍官淮南。

慶曆四年甲申（廿四歲）：自揚州還臨川，子雱生。

慶曆五年乙酉（廿五歲）：秩滿解淮南官。

慶曆六年丙戌（廿六歲）：自臨川入京。

慶曆七年丁亥（廿七歲）：調知鄞縣。

慶曆八年戊子（廿八歲）：宰鄞。

皇祐元年己丑（廿九歲）：宰鄞。

皇祐二年庚寅（三十歲）：解官歸臨川。

皇祐三年辛卯（卅一歲）：改殿中丞，通判舒州，不就館試，有
　　狀免試，發赴舒州。

皇祐四年壬辰（卅二歲）：官舒州。

皇祐五年癸巳（卅三歲）：官舒州，祖母卒。

至和元年甲午（卅四歲）：除集賢校理，辭不赴，歸臨川。

至和二年乙未（卅五歲）：兼群牧判官。

嘉祐元年丙申（卅六歲）：被使行畿縣。

嘉祐二年丁酉（卅七歲）：知常州。

嘉祐三年戊戌（卅八歲）：自常州移提點江東刑獄。

嘉祐四年己亥（卅九歲）：提點江東刑獄。

嘉祐五年庚子（四十歲）：入為三司度支判官尋直集賢院，上仁
　　宗萬言書，言天下事。

嘉祐六年辛丑（四一歲）：任知制誥，御試進士。

嘉祐七年壬寅（四二歲）：知制誥。

嘉祐八年癸卯（四三歲）：知制誥，八月丁母憂解官歸江寧。

英宗治平元年甲辰（四四歲）：居喪江寧。

治平二年乙巳（四五歲）：七月服除，有旨召赴闕，以疾辭，自
乞分司。

治平三年丙午（四六歲）：居江寧。

治平四年丁未（四七歲）：在江寧，除知江寧府，一辭旋起視事，
九月因曾公亮薦除翰林學士，未即赴，仍居江寧。

神宗熙寧元年戊申（四八歲）：四月奉詔越次入對，始入京。

熙寧二年己酉（四九歲）：二月參加政事，旋與陳升之同領制置
三司條例司，勵行新法。

熙寧三年庚戌（五十歲）：參加政事，十二月與韓絳並同中書門
下事，變法。

熙寧四年辛亥（五一歲）：同中書門下平章事，變法。

熙寧五年壬子（五二歲）：同中書門下平章事，變法。

熙寧六年癸丑（五三歲）：同中書門下平章事，三月兼提舉經義
局，變法。

熙寧七年甲寅（五四歲）：同平章事兼提舉經義局，四月乞解機
務，罷相出知江寧。

熙寧八年乙卯（五五歲）：二月復拜同平章事，六月進尚書左僕
射兼門下侍郎，九月兼修國史。

熙寧九年丙辰（五六歲）：復乞退，十月以使臣罷判江寧府。

熙寧十年丁巳（五七歲）：以使相為集禧觀使。

元豐元年戊午（五八歲）：正月進尚書左僕射，封舒國公集禧觀
使。

元豐二年己未（五九歲）：居鐘山。

元豐三年庚申（六十歲）：居鐘山，九月賜特進改封荊國公。

元豐四年辛酉（六一歲）：居鐘山。

元豐五年壬戌（六二歲）：居鐘山，進字說。

元豐五年癸亥（六三歲）：居鐘山，公被疾。

元豐七年甲子（六四歲）：居鐘山，舍所居舍爲寺。

元豐八年乙丑（六五歲）：居鐘山，三月詔特進司空。

哲宗元祐元年丙寅（六六歲）：居鐘山，四月卒，贈太傅。

第四節　嗜好與個性

後人之於荊公，褒貶任聲，抑揚失實，每發憤激之詞，抒一偏之見；譽之者登之青雲，讚爲天人，毀之者視若寇讐，斥比奸邪，何相去之懸殊，而眾口之不足憑邪？信哉夫子之言：「唯仁者，能好人，能惡人」。後世庸儒，德不加修，學不躬蹈，以不遜之口，出率爾之言；信口雌黃，羌無故實，引經失據，遂落言筌，匪貽妄誕之譏，更致失言之過。「君子一言以爲知，一言以爲不知，言不可不愼也。」吾於荊公得之矣。今謹先就荊公之嗜好，以進窺其爲人之大端焉。

夷考載籍，其性之所好，約有四端，曰山曰水，曰棋曰佛，今再析以論之：

安石性耽山水之趣，其性然也，其領集禧觀使而歸臥鍾山之側，乃放浪江湖，寄跡林泉，或騎蹇驢而出，遊於翠嶺重山，或泛湖溝以行，盪乎碧波逝水；怡情悅性，忘懷得失，乘興所至，近乎無心。彥周詩話載：「荊公愛看水中影，此亦性所好，如『秋水寫明河，迢迢藕花底』。又桃花詩云：『晴溝漲春溠周遭，俯視紅影移魚舠』，皆觀其影也。其後云：『攀條弄芳畏晼晚，已見乿雪盤中毛』，事見家語。」此其明證。「仁者樂山，智者樂水」，仁且智，荊公之謂歟？

語其好棋，則有過於吟詩，〈對棋呈道源〉詩云：「北風吹人不可出，清坐且可與君棋，明朝投局亦未晚，從此亦不復吟詩」。於此可見一般。邈齋閒覽嘗論其棋品云：「荊公棊品殊下，每與人對局，未嘗致思，隨手疾應，覺其勢將敗，便歛之，謂人曰：『本圖適性忘慮，反苦思勞神，不如且已』。與葉致遠敵手，嘗贈致遠詩云：『垂成忽破壞，

中斷俄連接」，是知公碁不甚高。又云：『諱輸寧斷頭，悔悮仍搏煩』，是又未能忘情於一時之得喪也。」雖詆爲未能忘情，然茗溪漁隱有言：「介甫有絕句云：『莫將戲事擾眞情，且可隨緣道我羸；戰罷兩奩收黑白，一枰何處有虧成』，觀此詩，則圖適性忘慮之語，信有徵矣。若魯直於碁則不然，如『心似蛛絲遊碧落，身如蜩甲化枯枝』，則苦思忘形，較勝負於一著，與介甫措意異矣。」茗溪之言是矣，然猶有未盡焉爾，豈僅適性忘慮，直是因棋悟道，直指本心之語矣。故釋惠洪冷齋夜話記道士之言曰：「彼亦不敢先，此亦不敢先，惟其不敢先，是以無所爭，惟其無所爭，故能入于不死不生。」舒王評爲「碁隱語」，誠爲一針見血，悟道有得之的論也，苟非深邃於理，焉能語此？

　　宋朝佛學盛行，大儒如周張程朱輩，陽儒而陰釋，殆無不受其影響，王安石自亦不能免於環境之薰陶洗染。罷相後居金陵，時與禪僧往來，過從甚密，非唯筆下翰墨，時露機鋒，佛理禪味，夾雜間出，甚且著字說而雜釋論，撰經解以疏楞嚴，雖書久佚，而其嗜佛之衷，則爛然可知，由好而樂，乃能深造有得。

　　原其治佛之始，或謂起於張方平，宋稗類鈔載：「王荊公嘗問張文定：『孔子去世百年，生孟子亞聖，自後絕無人，何也？』文定言『豈無？只有過孔子上者。』公問是誰，文定言：『江南馬大師，汾陽無業禪師，雪峰、岩頭、丹霞、雲門是也。儒門淡薄，收拾不住，皆歸釋氏耳』，荊公欣然嘆服。」

　　品藻安石之性行，亦有四言：一者愛才好士，二者強忮自用，三者學富才贍，四者淡泊名利。

（一）愛才好士

　　荊公倡行新法，爲天下先，言天下之所未嘗，任大臣之所不敢；平生志意，里仁是尚，分官任職，唯才是用；上仁宗書洋洋萬言，一皆以選賢與能爲務，悃款之誠，於斯見矣。紫微詩話載王荊公嘗寄正獻公書云：「備官京師二年，鄙吝積於心，每不自勝，一詣長者，即

廢然而反。夫所謂德人之容使人之意消者，於晦叔得之矣。以安石之
不肖，不得久從左右，以求其放心而稍近於道，猥以私養竊祿，所以
重貪汚之罪，惓惓企望，何以勝懷！因書見教，千萬之望。」其慕義
向道之心如此，故其友侶，有德行醇粹，藹然仁者如曾子固者；有曠
達率眞，斐然成章如蘇東坡者；有道意淳熟，百事過人如俞秀老者；
有耿介絕俗，孝悌忠信如孫少述者。

　　荆公有詩〈傷杜醇〉曰：「隱約不外求，耕桑有妻子；藜杖牧雞
豚，筠筒釣魴鯉」。〈弔王致〉曰：「老妻稻下收遺秉，稚子松間捨墮
樵」。困學紀聞評曰：「二人，四明鄉先生也，固窮守道如此，今人知
者鮮矣！利慾滔滔，廉恥寥寥，孰能景慕前賢哉！」翁元圻注此條引
全祖望之語曰：「四明慶歷五先生曰：大隱楊先生適石臺，杜先生醇
西湖，樓先生郁鄞江，王先生致鄞江，猶子桃源先生說也；荆公令鄞
時皆所尊禮。」詩人玉屑卷十亦記「荆公以三詩取三士」曰：「復齋
漫錄云：王公韶少日，讀書於盧山東林裕老庵，庵前有老松，因賦詩
云：『綠皮皴剝玉嶙峋，高節分明似古人。解與乾坤生氣概，幾因風
雨長精神。裝添景物年年別，擺捭窮愁日日新。惟有碧霄雲裏月，共
君孤影最相親。』王荆公爲憲江東，過而見之，大加稱賞，遂爲知己。
苕溪漁隱曰：蔡寬夫詩話云：盧龍圖秉少豪逸，熙寧初遊京師，久不
得調，嘗作詩曰：『青衫白髮病參軍，旋糴黃糧置酒樽。但得有錢留
客醉，那須騎馬傍人門！』荆公一見曰：『此定非碌碌者。』即薦用
之，前此蓋未嘗相識也。又石林詩話云：劉季孫初以右班殿直監饒州
酒，荆公爲憲江東，巡歷至饒，按酒務，始至廳事，見小屏間有題小
詩曰：『呢喃燕子語梁間，底事來驚夢裏閑！說與傍人應不解，杖藜
攜酒看支山。』大稱賞之，即召與語，嘉歎久之。升車而去，不復問
務事。荆公以三詩取三士，其樂善之心，今人所未有也。吾故表而出
之」又如「蔡天啓初見荆公，以能暗誦韓文南山詩，見知於荆公」（艇
齋詩話）。因能騎惡馬，乃以「蔡子勇成癖，能騎生馬駒」稱之，又
作詩曰：「身著青衫騎惡馬，日行三百尚嫌遲。心源落落堪爲將，卻

是君王未備知」。深以將帥之材許之。

　　唯其尚賢，故爾近悅遠來，非唯詩人雅士如龍太初者流，慕名踵
府。展刺求見，即名賢大儒如蘇東坡等人亦樂與之遊，彼此唱和。坡
嘗和公詩云：「騎驢渺渺入荒陂，想見先生未病時。勸我試求三畝宅，
從公已覺十年遲。」嗚呼！假令荊公而在，余雖爲之執鞭，所忻慕焉。

（二）強愎自用

　　本傳稱：「安石性強愎，遇事無可否，自信所見，執意不回；至
議變法，而在廷交執不可，安石傅經義，出己意辯論，輒數百言，眾
不能詘，甚者謂『天變不足畏，祖宗不足法，人言不足恤』」。又稱：
「安石議論高奇，能以辨博濟其說；果於自用，慨然有矯世變俗之
志」，可見強愎與自用二者，乃安石性行之偏，大圭之瑕，最爲學者
所詬病。本傳並引二例證明：其一爲拜知制誥，糾察在京刑獄時，有
少年得鬥鶉，其儕求之，不與，恃與之昵，輒持去，少年追殺之，開
封當此人死，安石駁曰：「按律公取竊取皆爲盜。此不與而彼攜以去，
是盜也；追而殺之，是捕盜也；雖死當勿論。」遂劾府司失人，府官
不伏；事下審刑大理，皆以府斷爲是。詔放安石罪，當詣閤門謝，安
石言我無罪，不肯謝；御史舉奏之，置不問。其二爲爭辯《舍人院無
得申請除改文字》事曰：「審如是，則舍人不得復行其職，而一聽大
臣所爲；自非大臣欲傾側而爲私，則立法不當如此。今大臣之弱者，
不敢爲陛下守法，而強者，則挾上旨以造令；諫官御史無敢逆其意者，
臣實懼焉。」語皆侵執政，由是益與之忤。凡此皆強愎執拗之證。故
宋元學案引劉元城語曰：「金陵三不足之說，謂天變不足畏，祖宗不
足法，人言不足恤，此三句，非獨爲趙氏禍，爲萬世禍。人主之勢，
天下無能敵者，人臣欲回之，必思有大於此者把攬之，今乃教之不畏
天變，不法祖宗，不恤人言，則何事不可爲也。」

　　至於師心自用之證，則如本傳所述：「訓釋詩書周禮，既成，頒
之學官，天下號曰『新義』。晚居金陵，又作字說，又穿鑿附會，其

流入於佛老；一時學者無敢不傳習，主司用以取士，士莫得自名一說，先儒傳注，一切廢不用。黜春秋之書，不使列於學官；至戲目爲『斷爛朝報』。」釋三經，作字說，黜春秋，皆出己意，非訾前賢，自不免識者之譏。故宋元學案載呂榮陽言：「王介甫解經，皆隨文生義，更無含蓄，學者讀之，更無可以消詳處，更無可以致思量處」。吳叔陽曰：「字說：詩字，從言從寺，謂法度之言也，詩本不可以法度拘，若必以法度言，然則侍者法度之人，峙者法度之山，痔者法度之病也，不知此乃諧聲。」劉靜春云：「介甫不憑注疏，欲修聖人之經，不憑今之法令，欲新天下之法，可謂知務。第出於己者，反不逮舊，故上誤裕陵，以至於今。」明章衮汝明於書臨川文集後亦評曰：「古者謀及乃心，謀及卿士，謀及庶人，謀及卜筮，聖人於革之時，必以巳日乃孚革言三就爲訓，而公乃謂以物役己，則神志有交戰之勞，以道徇眾，則事功無必成之望，坐此蔽而自用之弊不免矣。」豫章詩話謂：「王荊公詠韓信曰：『貧賤侵凌富貴驕，功名無復在芻蕘；將軍北面師降虜，此事人間久寂寥。』論曹參曰：『束髮山河百戰功，白頭富貴亦成空；華堂不著新歌舞，卻要區區一老翁。』二詩意卻甚正，然其當國也，偏執己見，凡諸君子之論，一切指爲流俗，曾不如韓信之師李左軍，曹參之師蓋公，又何也。」正坐此弊。安石有〈眾人〉一詩，足見其剛愎之概，詩曰：「眾人紛紛何足競，是非吾喜非吾病。頌聲交作莽豈賢，四國流言且猶聖。唯聖人能輕重人，不能銖兩爲千鈞。乃知輕重不在彼，要知美惡由吾身。」

（三）學富才贍

安石以天縱之資，爲窮年之學，故能博觀約取，下學上達。本傳稱「安石少好讀書，一過目，終身不忘。其屬文動筆如飛，初若不經意，既成，見者皆服其精妙。」《語類大全》亦載朱子之言曰：「介甫每得新文字，窮日夜閱之；喜食羊頭饞，家人供或值看文字，信手撮入口中，不暇用筋，過食亦不覺，至於生患。不讀書時，常入書院；

有外甥懶學，怕他入書院，多方討新文字得之；只顧看新文字，不暇入書院矣。」其好學不倦之精神於此可見，故能成其大而就其深；登乎堂奧之上，漱芳六藝之中。平生著作等身，惜多遺佚，今僅存臨川集百卷，新經周禮義十六卷（附考工記二卷），洪範傳一卷（今存臨川集中），及編次唐百家詩選二十卷傳世；其餘佚失者有：易解二十卷，新經詩義三十卷，新經書義十三卷，左氏解一卷，論語解十卷，孟子解若干卷，孝經解一卷，字說二十卷，王氏日錄八十卷，老子注二卷，王氏雜說十卷，四家詩選十卷，楞嚴經疏解若干卷，熙寧奏對七十八卷，南郊式一百十卷，三司令式若干卷，熙寧詳定編敕等二十五卷，新編續降並敍法條貫一卷，英宗實錄三十卷，建康酬唱集，送朱壽昌詩三卷，老杜詩後集，先大父集等二十三種。

安石於〈答曾子固書〉中自言：「某自百家諸子之書，至於難經素問本草諸小說，無所不讀，農夫女工，無所不問，然後於經為能知其大體而無疑」，樂取於人，不名一師，乃其學富之本。歷來學者無不交相讚譽，如南宋魏了翁序曰：「公博極群書，蓋自經子百史，以及于凡將急就之文，旁行敷落之教，稗官虞初之說，莫不牢籠搜攬，消釋貫融，故其為文，使人習其讀而不知其所由來，殆詩家所謂祕密藏者。」明王宗沐序云：「公文章根柢六經，而貫徹三才，其體簡勁精潔，自名一家。」沈卓然周官新義序：「竊觀安石所學，尤善周官，旁及書詩，故其文深醇閎博而近於古，蓋本原於經術者也。」

荊公非僅以詩文名世，詞亦有絕佳者，如桂枝香，浣溪沙，南鄉子等詞，亦屬絕調。雪浪齋日記即稱：「荊公小詞云：『平岸小橋千嶂抱，揉藍一水縈花草。茅屋數間窗窈窕，人不到，柴門自有清風掃』；略無塵土思。」（詩人玉屑引）其詞雖不如詩，難以名家，要亦非如李易安所稱「人必絕倒不可讀」之陋。

荊公書法，亦甚著於時，蘇軾讚為「無法之法」，蔡絛稱如「斜風細雨」，觀林詩話載：「涪翁跋半山書云：『今世唯王荊公字，得古人法，自楊虛白以來，一人而已』，其妙於此可見，惜乎多湮沒而不傳。」

荆公學本經術，才弘經濟，既爲時流所重，更蒙公卿愛接，其友曾鞏乃致書歐陽修曰：「鞏之友有王安石者，文甚古，行稱其文，雖已得科名，然居今知安石者尚少也。彼誠自重，不願知於人，然如此人，古今不常有。今時所急，雖無常人千萬，不害也，顧如安石，此不可失也。」「至和二年，歐公始見安石，自是書牘往來，與見諸章奏者，愛歎稱譽，無有倫比」。文忠曾有詩贈荆公，譽之曰：「翰林風月三千首，吏部文章二百年。老去自憐心尚在，後來誰與子爭先。朱門歌舞爭新態，綠綺塵埃試拂絃。常恨聞名不相識，相逢罇酒盍留連。」及熙寧四年春，安石同平章事，歐公復賀之云：「高步儒林，著一朝甚重之望；晚登文陛，受萬乘非常之知。」苟非歐公知人之明，何出此言？如無介甫之才之美，曷克臻此？

（四）淡泊名利

公少有大志，其學則以孟軻自期，欲行道以濟民，觀「欲傳道義心雖壯，強學文章力已窮。他日若能窺孟子，終身何敢望韓公，摳衣最出諸生後，倒屣常傾廣坐中。祇恐虛名因此得，嘉篇爲貺豈宜蒙。」（奉酬永叔見贈）可見其志。故詠孟子曰：「沉魄浮魂不可招，遺篇一讀想風標。何妨舉世嫌迂濶，故有斯人慰寂寥」。其行則取淵明自資，務恬淡而寡慾，玩「朝日一曝背，欣然忘夜寒」。「采采霜露間，亦足慰朝饑」，足明其心。故歲晚懷古云：「先生歲晚事田園，魯叟遺書廢討論。問訊桑麻憐已長，按行松菊喜猶存。農人調笑追尋壑，稚子歡呼出侯門。遙謝載醪祛惑者，吾今欲辯已忘言。」〈移柳〉曰：「移柳當時何啻五，穿松作徑適成三；臨流遇興還能賦，自比淵明或未慚？」則直以淵明自況矣。

荆公志存周孔，行比夷由，風裁峻整，不慕榮利，蓋素所蓄積然也。本傳謂「性不好華腴，自奉至儉；或衣垢不澣，面垢不洗，世多稱其賢。」宋稗類鈔亦稱「荆公性簡率，不事修飾奉養；衣服垢污，飲食粗惡，一無所擇，自少已然。」其居家廉儉，自奉淡薄，自幼至

老，未嘗稍變；晚年嗜佛，更趨寂靜，求田問舍，晏然自樂。梁任公
亟讚之曰：「公少年嘗有詩云：『天下蒼生待霖雨，不知龍向此中蟠。』
又有詩云：『誰似浮雲知進退，纔成霖雨便歸山』。其抱負之偉大，其
性情之恬退，於此二詩見之矣。求諸先世，則有范蠡之泛舟五湖，張
良之從赤松子遊，其跡與公頗相類。然彼等皆見其主之不可以共安
樂，爲自全計，苟以免禍而已，是老氏之學也。公則不然，可以仕而
仕，可以已而已，其一進一退之間，悉衷於道，自古及今，未有能過
之者也。」夫進以禮，退以義，出則霖雨蒼生，入則簞食陋巷，與禹
稷顏回同道，荆公之志堅行苦，亦云至矣。今更舉數事以證之。

其一：據王銍《默記》所載，荆公慶曆二年應御試進士，本應爲
第一名，因賦中有「孺子其用」之言，爲上所忌，始降登楊寘榜第四
名。「然則公平生未嘗略語曾考中狀元，其氣量高大，視科第爲何等
事而增重耶！」

其二：本傳稱「其屬文動筆如飛，初若不經意，既成，見者皆服
其精妙。友生曾鞏攜以示歐陽修，修爲之延譽。」然未嘗聞安石夤緣
干謁，自致屬車者。

其三：上蔡語錄載：公平生養得氣完，爲他不好做官職。作宰相，
只喫魚羹飯，得受用底不受用，緣省便，去就自在。嘗上殿進一箚子
擬除人，神宗不允，對曰：「阿！除不得。」又進一箚子擬除人，神
宗亦不允，又曰：「阿！也除不得。」下殿出來，便乞去，更留不住，
平生不屈，也奇得。

其四：冷齋夜話載〈饌器皆黃白物〉一事曰：王荆公居鐘山時，
與金華俞秀老，過故人家飲，飲罷，步至水亭，顧水際沙間，有饌器
數件，皆黃白物，意吏卒竊之，故使人問司之者，乃小兒適聚於此食
棗栗，食盡棄之而去，文公謂秀老曰：「士欲任大事，閱富貴，如群
兒作息乃可耳。」

其五：〈道傍大松人取爲明〉詩云：「虬甲龍髯不可攀，亭亭千丈
蔭南山。應嗟無地逃斤斧，豈願爭明爝火間。」註曰：「詩言松意尙

不願見採於匠石，充梁棟之用。況肯與區區螢爝爭明於頃刻間耶！」

　　其六：〈乞致仕表〉云：「臣某言：瘝以曠官，嘗恃食功之舊；老而辭祿，敢忘知止之廉？輒冒天威，具輸微款。伏念臣小聞寡識，薄力淺才；信獨善以一心，昧自營之百慮；久辜視遇，特幸遭逢。昔也壯時，尚無可紀；今而耄矣，豈有能為？敢望睿明，許之致仕！實衿危朽，賜以全生，庶以衰殘，豫佚太平之樂，亦令遲暮，免離大耋之嗟！」

　　其七：續建康志云：「荊公再罷政，以使相判金陵，築第於白下門外，去城七里，去蔣山亦七里。平日乘一驢，從數僮，游諸寺；欲入城，則乘小航，泛湖溝以行，蓋未嘗乘馬與肩輿。所居之地，四無人家；其宅僅蔽風雨，又不設垣牆，望之若逆旅之舍，有勸築垣輒不答。元豐之末，公被疾，奏舍此宅為寺，賜名報寧，既而疾愈，稅城中屋以居，不復造宅。」

　　其八：隱居詩話曰：熙寧庚戌冬，王荊公安石，自參知政事拜相，是日官僚造門奔賀者，相屬於路，公以未謝，皆不見之，獨與余坐於西廡之小閣。荊公語次，忽顰蹙久之，取筆書窗曰：「霜筠雪竹鐘山寺，投老歸歟寄此生。」放筆揖余而入。元豐乙未公已謝事，為會靈觀使，居金陵白下門外，余謁公，公欣然邀余同遊鐘山，憩法雲寺，偶坐於僧房，是時雖無霜雪，而虛牕松竹，皆如詩中之景，余因述昔日題牕，并誦此詩，公憮然曰：「有是乎！」頷首微笑而已。

　　夫詩者，志之所之，〈登小茅峰〉云：「物外真游來几席，人間榮願付苓通」，直視當貴如浮雲矣。〈萬事〉詩：「萬事黃梁欲熟時，世間談笑漫追隨；雞蟲得失何須算，鵬鷃逍遙各自知。」則又以超然物外為貴。誠如黃庭堅〈跋王荊公禪簡〉所言：「余嘗熟觀其風度，真視富貴如浮雲，不溺於財利酒色，一世之偉人也。」（豫章集）迨其薨也，司馬溫公即馳書呂晦叔云：「介甫文章節義，過人處甚多，但性不曉事而喜遂非，致忠直疏遠，讒佞輻輳，敗壞百度，以致於此。今方矯其失革其弊，不幸介甫謝世！反覆之徒，必詆毀百端。光意以為朝廷宜加優禮，以振起浮薄之風，苟有所得，輒以上聞，

不識晦叔以爲何如？更不煩答以筆札，屢前力言，則全仗晦叔也。」
允稱公論。東坡奉勅撰〈贈太傅制〉尤屬由衷之語，其文曰：「朕式
觀古初，灼見天意，將有非常之大事，必生希世之異人，使其名高
一時，學貫千載，智足以達其道，辯足以行其言。瑰瑋之文，足以
藻飾萬物；卓絕之行，足以風動四方。用能於期歲之間，靡然變天
下之俗。故觀文殿大學士守司空集禧觀使王安石，少學孔孟，晚師
瞿聃。網羅六藝之遺文，斷以己意；糠粃百家之陳跡，作新斯人。
屬熙寧之有爲，冠群賢而首用，信任之篤，古今所無。方需功業之
成，遽起山林之興，浮雲何有，脫屣如遺，屢爭席於漁樵，不亂群
於麋鹿，進退之際，雍容可觀。朕方臨御之初，哀疚罔極，乃眷三
朝之老，邈在大江之南，究觀規模，想見風采。豈謂告終之問，在
予諒闇之中，胡不百年，爲之一涕。於戲，死生用捨之際，孰能違
天；贈賻哀榮之文，豈不在我。是用寵以師臣之位，蔚爲儒者之光，
庶幾有知，服我休命。可特贈太傅。」

結　語

　　清徐增曰：「詩乃清華之府，眾妙之門，非鄙穢人可得而學，洗
去名利二字，則學可得其半矣。」（徐而庵詩話）此言信然。安石以
相王之尊，絕聲色之好，有高世之志，無世俗之情；發之於文，則醇
粹明白，語無枝葉，形之乎詩，尤峻潔深婉，態有餘妍，蓋其眞情摯
性，有以致之也。

　　文心雕龍體性篇云：「才有庸俊，氣有剛柔，學有淺深，習有雅
鄭，並情性所鑠，陶染所凝；是以筆區雲譎，文苑波詭者矣。故辭理
庸儁，莫能翻其才；風趣剛柔，寧或改其氣；事義淺深，未聞乖其學；
體式雅鄭，鮮有反其習；各師成心，其異如面」。安石愛才好士，故
其辭俊；強愎自用，故其風剛，學富才贍，故其事深；淡泊名利，故
其體雅。百世而下，猶能卓然名家者，信非倖致。故胡漢民氏〈讀王
荊文集六十首〉結云：「豈因相業累詩名，洛蜀非公世尚憑；七八百

年門戶廢，今人不諱學金陵。」（不匱室詩鈔）

第五節　王詩板本

王詩板本著錄於四庫全書中者有二：

（一）臨川集一百卷

四庫提要卷一百五十三云：「今世所行本實止一百卷，乃紹興十年郡守桐廬詹大和校定重刻，而豫章黃次山爲之序」，此即明嘉靖本，內含古詩十三卷，律詩二十一卷，挽詞一卷，集句歌曲二卷，四言詩，古賦，樂章，銘，讚一卷，書疏一卷，奏狀一卷，箚子四卷，內制四卷，外制七卷，表六卷，論議九卷，雜著一卷，書七卷，啓三卷，記二卷，序一卷，祭文哀詞二卷，神道碑三卷，行狀墓表一卷，墓誌十卷。此爲荊公著作之全集，詩集即在其中，商務印書館於民國二十二年六月初版，世界書局亦有出版。

（二）王荊公詩注五十卷

此即元大德本，乃王詩之專集，宋李壁注，四庫提要謂是書乃其謫居臨川時所作，雖不免疏漏，然大致捃摭蒐採，俱有根據，疑則闕之，非穿鑿附會者比，故海鹽張元濟讚是書之善，不獨援據該洽，可號王氏功臣。西元 1959 年中華書局有版本，廣文書局亦有出版《箋註王荊文公詩》，係由李雁湖箋註，附劉須溪評點，乃庚子春月景印元大德刊本，辛亥仲春再版，爲本文所據。比較以上兩本，其不同之處如後：

（1）卷數方面：嘉靖本一百卷中，含詩三十八卷，其中第三十七卷有歌曲十六首，第三十八卷有樂章二首，上梁文，古賦四首，銘四首，讚四首，均非詩之範疇，故純詩實僅三十六卷，大德本則有五十卷。

（2）詩數方面：據葛連祥氏《王安石詩評》之統計，列表如下：

詩　別		古詩	五律	七律	五絕	七絕	總計
題數	嘉靖本	340	133	321	70	423	1,287
	大德本	347	137	353	70	428	1,335
詩數	嘉靖本	407	145	355	77	489	1,473
	大德本	440	147	395	79	516	1,577

　　其中嘉靖本含五言排律八首，七言排律二首，大德本則含五言排律十首，七言排律二首，此外兩本均有挽詞四十九首。

　　由上表可見大德本各體詩不論詩題數或詩首數，均遠較嘉靖本為多，四庫提要以為校以世行臨川集，增多七十二首，顯然不止此數。

（3）詩序方面：因卷數不同，故詩之編排次序亦大有出入。

（4）詩題方面：詩題文字亦有不同，如大德本卷二〈示張秘校〉，嘉靖本名〈仲明父不至〉；同卷〈步月二首〉，嘉靖本則名〈月夜二首〉；卷十六〈憶鄞縣東吳太白山水〉，嘉靖本卻名〈孤城〉，卷二十二〈徑暖〉，嘉靖本為〈即事〉；卷二十九〈永濟道中寄諸弟〉，嘉靖本則作〈永濟道中寄諸舅弟〉。

（5）大德本卷四古詩類〈對棋與道源至草堂寺〉一詩，重見於四十八卷絕句類中，詩句雷同，唯題目則易為〈對棋呈道原〉，臨川集止於第三卷一見（據錢大昕：十駕齋養新錄）。

（6）元大德本王荊文公詩第十九卷第四頁：〈始皇馳道四〉：「穆王得八駿，萬事」下缺「得期修」三字。又三十四卷一頁：〈懷舒州山水呈昌叔〉缺：「不知此地從君處，亦有他人繼我不。塵土生涯休盪滌，風波時事只飄浮。相看髮禿無歸計，一夢東南即自羞。」嘉靖本則無此失（據廣文編譯所：校刊記）。

（7）載於大德本而嘉靖本所無者計有：

（甲）古詩類：

　　卷八：鳳凰山第二首。卷十二：楊雄多一首（大德本揚雄一詩有三首，嘉靖本只有二首）。卷十五：寓言多六首（大德本寓言一詩有十五首，嘉靖本只有九首）。卷二十：澶洲。寄平甫弟衢州道中。卷

二十一：寄憶伯筠，望晼山馬上作，汝瀼和王仲儀，三月十日韓子華招飲歸城，勿去草，東城，哀賢亭，梁王吹臺，靈山寺，白鷗，詠風，白雲，江鄰幾邀觀三館書畫，眾人，河北民，君難託。

（乙）五律類：

卷廿五：射亭，寄王補之，寄謝師直。

（丙）五排類：

卷廿五：次韻張子野秋中久雨晚晴，次韻留題僧假山。

（丁）七律類：

卷三十七：次韻王禹玉平戎慶捷，得孫正之詩因寄呈曾子固，和金陵懷古，豫章道中次韻答曾子固，離北山寄平父，答孫正之，寄程給事，寄勝之運使，寄國清處謙，將至丹陽寄表民，宿土坊驛寄孔世長，寄孫正之，道中寄吉父，送孫立之赴廣西，送福建張比部，送致政朱郎中東歸，別雷國輔，垂虹亭，題正覺相上人籜龍軒，題友人壁，清明輦下懷金陵，杭州呈勝之，聞和甫補池掾，寶應二三進士見送乞詩，謝郟亶秘校見訪於鍾山之廬，同長安君鍾山望，奉招吉甫，開居遣興，到家，西師，松江。

（戊）五絕類：

卷四十：春怨，離昇州作二首（題曰二首，實只一首）。

（己）六絕類：

卷四十：宮詞。

（庚）七絕類：

卷四十六：雜詠多一首（大德本凡六首，嘉靖本只五首）。卷四十八：晚春，樓上望湖，寄李道人，憶江南，對碁呈道原，謝微之見過，惜春，寄北山詳大師，子貢。

（辛）挽詞類：

卷五十：哭張唐公。

（8）載於嘉靖本而大德本未見者計有：

（甲）古詩類：

卷十一：車螫。卷十二：信陵坊有籠山樂官。

（乙）律詩類：

卷二十：偶成第一首（按大德本標題亦曰「偶成二首」。實只一首）。卷三十五：致仕邵少卿挽辭二首。

（丙）此外嘉靖本尚多卷三十六：

集句：卷三十七：歌曲，卷三十八：四言詩，樂章，上梁文，古賦，銘，贊等。

第二章　優　點

第一節　下字有眼

　　詩者，積句而成章，綴屬以為文者也，故爾鍊字之要，古有明訓，文心雕龍練字篇稱：「綴字屬篇，必須練擇。一避詭異，二省聯邊，三權重出，四調單複。詭異者，字體瓌怪者也。曹攄詩稱『豈不願斯遊，褊心惡𠲿呶』，兩字詭異，大疵美篇；況乃過此，其可觀乎？聯邊者，半字同文者也。狀貌山川，古今咸用，施於常文，則齟齬為瑕；如不獲免，可至三接，三接之外，其字林乎？重出者，同字相犯者也。詩騷適會，而近世忌同，若兩字俱要，則寧在相犯。故善為文者，富於萬篇，貧於一字，一字非少，相避為難也。單複者，字形肥瘠者也。瘠字累句，則纖疏而行劣；肥字積文，則黯黕而篇闇。善酌字者，參伍單複，磊落如珠矣。凡此四條，雖文不必有，而體例不無；若值而莫悟，則非精解。」

　　詩人玉屑載：「詩句以一字為工，自然穎異不凡，如靈丹一粒，點鐵成金也。浩然云：『微雲淡河漢，疎雨滴梧桐』。上句之工，在一『淡』字，下句之工，在一『滴』字。若非此兩字，亦焉得為佳句也哉。」又如人間詞話所舉宋祁〈玉樓春〉詞：「紅杏枝頭春意鬧」，及張先〈天仙子〉詞：「雲破月來花弄影」，王國維謂著一「鬧」字「弄」

字，而境界全出，此即詩眼之說也。

詩眼云者，即如詩人玉屑引載筆談之說所云：「古人鍊字，只在眼上鍊，蓋五字詩以第三字爲眼，七字詩以第五字爲眼也。」然楊載詩法家數則曰：「句中要有字眼，或腰或膝或足，無一定處也。」故知詩眼本無定所，要以精思的當，響亮有力爲主。詩人鍊字，多在動詞上用功，次重形容詞，再次則虛詞矣。

詩眼之說，或曰起自王安石，蓋因安石作詩必字斟句酌，一絲不苟故也，茲舉詩話所稱，以明其推敲之謹：

容齋續筆：王荊公絕句云：「京口瓜州一水間，鍾山祇隔數重山。春風又綠江南岸，明月何時照我還。」（泊船瓜州）吳中士人家藏其草。初云：「又到江南岸」，圈去「到」字，注曰「不好」，改爲「過」字，復圈去而改爲「入」，旋改爲「滿」，凡如是十許字，始定爲「綠」。

彥周詩話：「風定花猶舞，鳥鳴山更幽。」世傳荊公改「舞」字作落字，其語頗工。然「風定花猶落」乃梁謝貞八歲時所作春日閒居詩也。從舅王筠奇之曰：「追步惠連矣。」

艇齋詩話：荊公扇詩云：「鬢亂釵橫特地寒」。荊公嘗自書此詩云：鬢亂釵斜，不言釵橫。蓋釵當橫，惟亂則斜爾。

冷齋夜話：舒王在鍾山，有客自黃州來，公曰：「東坡近日有何妙語？」客曰：「東坡宿於臨皋亭，醉夢而起，作成都聖像藏記千有餘言，點定才一兩字，有寫本，適留船中。」公遣人取而至，時月出於東南，林影在地，公展讀於風簷，喜見眉鬚曰：「子瞻人中龍也，然有一字未穩。」客曰：「願聞之」，公曰：「日勝日負，不若曰如人善博，日勝日貧耳。」東坡聞之，拊手大笑，亦以公爲知言。

西江詩話：公嘗讀杜荀鶴詩：「江湖不見飛禽影，岩谷惟聞折竹聲」，改云宜作禽飛影，竹折聲。王仲至試館職詩：「日斜奏罷長楊賦，閒拂塵埃看書牆」，公爲改云：「奏賦長楊罷」，其琢句之精，蓋一字不苟也。

藝苑雌黃：予與鄉人翁行可同舟泝汴，因談及詩，行可云：「介

甫善下字，如「空場老雉挾春驕」（自金陵至丹陽道中有感），下得挾字最好，即孟子挾長挾貴之挾。予謂介甫又有「紫莧凌風怯，蒼苔挾雨驕」（雨中）。

石林詩話：王荊公編百家詩選，嘗從宋次道借本，中間有「暝色赴春愁」，次道改「赴」字作「起」字。荊公復定為「赴」字，以語次道曰：若是「起」字，人誰不能到！次道以為然。

草堂詩話：臨川王介甫曰：「老杜云：『無人覺來往』，下得「覺」字大好。『暝色赴春愁』，下得「赴」字大好。若下「見」字「起」字，即小兒言語。足見吟詩要一字兩字工夫也。」（按對床夜話稱：「此句乃皇甫冉詩，荊公誤記也，其詩云：『暝色赴春愁，歸人南渡頭；渚煙空翠合，湖月碎光流』云云。」）

詩眼固首倡自安石，然老杜實已創獲乎前，石林詩話載：「詩人以一字為工，世固知之，惟老杜變化開闔，出奇無窮，殆不可以形迹捕。如『江山有巴蜀，棟宇自齊梁』，遠近數千里，上下數百年，只在「有」與「自」兩字間，而吞納山川之氣，俯仰古今之懷，皆見於言外。滕王亭子『粉牆猶竹色，虛閣自松聲』。若不用「猶」與「自」兩字，則空八字，凡亭子皆可用，不必滕王也。此皆工妙至極，人力不可及，而此老獨雍容閒肆，出於自然，略不見其用力處。今人多取其已用字模仿用之，偃蹇狹陋，盡成死法，不知意與境會，言中有節，凡字皆可用也。」韻語陽秋亦稱：「詩要練字，字者眼也。若老杜詩『飛星過水白，落月動沙虛』，鍊中間一字。『地坼江帆隱，天清木葉聞』，鍊末後一字。『紅入桃花嫩，青歸柳葉新』，鍊第二字。若非用「入」「隱」二字，則是兒童語。」

半山用語選詞，一本老杜詩眼之精，二擷諸家字法之奇，茲舉數例以明之：

岧溪詩話：舊觀臨川集，「肯顧北山如慧約，與公西崦斸蒼苔」，嘗愛其斸字最有力。後讀杜集，當為斸青冥，藥許鄰人斸；退之詩翁憔悴斸荒棘，窦谺斸株樕；子厚戒徒斸雲根，雖一字之法，不無所本。

西江詩話：荊公詩：「綠攪寒蕪出，紅爭暖樹歸」，妙甚。歸字蓋用老杜「紅入桃花嫩，青歸柳葉新」，太白「寒雪梅中盡，春風柳上歸」意。

升菴詩話：半山用字　王半山文：梁王墜馬，賈傅自傷，門人泔魚，曾子垂涕。又詩曰：「泔魚己悔當年事，搏虎方驚此日身」。泔魚事出荀子，云：曾子食魚，有餘。曰：泔之。門人曰：泔之傷人，不若奧之。曾子泣涕曰：有異心乎哉！傷其聞之晚也。左傳：林楚怒馬及衢而騁。莊子：草木怒生。又說：大鵬怒而飛，其翼若垂天之雲。林希逸曰：莊子好用一怒字。王介甫詩「山木悲鳴水怒流」，此老善用古人好字面。

優古堂詩話：橫陳　荊公詩「日高青女尚橫陳」，「潮回洲渚得橫陳」。「橫陳」二字，見首楞嚴經及宋玉風賦。前輩以用「橫陳」始於荊公，非也。陸龜蒙薔薇詩云：「倚牆當戶自橫陳，致得貪家似不貧」。沈約夢見美人詩云：「立望復橫陳，忽覺非在側」，見玉臺新詠。

碧溪詩話：臨川「道德文章吾事落」，南華「夫子盍行邪？無落吾事」，乃柳詩有「惆悵樵漁事，今還又落然」，恐亦用此。

碧溪詩話：臨川愛眉山雪詩能用韻，有云：「氷下寒魚漸可叉」，又「羔袖龍鍾手獨叉」。蓋子厚嘗有《江魚或共叉》，又云：「入郡腰常折，逢人手盡叉。」

五律〈江上二首〉之一：「未敢嗟艱食，凶年半九州」，李壁注：「半字古人語亦多用，戰國策載逸詩云：『行百里者半九十』，如謝靈運云：『若殷仲文讀書半袁豹，則文才不減班固』」。

七律〈清風閣〉：「況是使君無一事，日陪賓從此傾觴」，李注：「此字如韓公詩逢公復此着征衣之此。」

七絕〈寄育王大覺禪師〉：「山木悲鳴水怒流，百蟲專夜思高秋」，注引樂天長恨歌「春從春遊夜專夜」，又明妃曲：「只得當年備宮掖，何曾專夜奉幃屏。」

錢默存談藝錄：偶書云：「我亦暮年專一壑，偶聞車馬便驚猜」，

雁湖注引莊子秋水篇：「且夫擅一壑之水」，按陸士龍集卷一逸民賦序起語云：「古之逸民，輕天下，細萬物，而欲專一邱之歡，擅一壑之美」，荊公用「專」字本此。

　　王詩字眼，以下於句中為主，句尾次之，用於句中第二字者如：「珠跳散作點，金湧合成波」（露坐）。「綠攪寒蕪出，紅爭暖樹歸；魚吹塘水動，雁拂寒垣飛」（宿雨）。「雨壓春風暗柳條」（別和父赴南徐）。用於第三字者如：「草長流翠碧，花遠沒黃鸝」（東皋）。「浮煙暝綠草，泫露冷黃花」（秋夜二首之二）。「滄波浩無主，兩槳邈難親」（樓上）用於第四字者如：「只將心寄海門潮」（別和父赴南徐）。下於句末者如：「逸樂安知與禍雙」（金陵懷古）。「江清日暖蘆花轉」（江寧夾口三首之一）。

第二節　用事精切

　　援引典故，詩家所尚，要在稱情適事，不乖本色，語如己出，無斧鑿痕，斯為至矣，「凡用事不切，不如不用；切而不雅，亦不如不用。」（紀批瀛奎律髓）詩品有言：「夫屬詞比事，乃為通談；吟詠情性，何貴用事。『思君如流水』，既是即目，『高臺多悲風』，亦惟所見。『清晨登隴首』，羌無故實；『明月照積雪』，詎出經史？觀古今勝語，多非補假，皆由直尋。顏延謝莊尤為繁密，於時化之，故大明泰始中，文章殆同書鈔。近任昉王元長等詞不貴奇，競須新事，爾來作者，浸以成俗，遂乃句無虛語，語無虛字，拘攣補衲，蠹文已甚。但自然英旨，罕值其入。詞既失高，則宜加事義。雖謝天才，且表學問，亦一理乎？」此云事義之用，貴乎真率，苟誇才矜博，強引故實，堆疊成篇，語多枝葉，則如村夫野語，俗不可耐矣。藝圃擷餘嘗論使事之要曰：「子美之後，而欲令人毀靚粧，張空拳，以當市肆萬人之觀，必不能也。其援引不得不日加而繁，然病不在故事。顧所以用之何如耳。善使古事者，勿為古事所使，如禪家云：『轉法華，勿為法華所轉』。

使事之妙，在有而若無，實而若虛，可意悟不可言傳，可力學得，不可倉促得也。宋人使事最多，而最不善使，故詩道衰。」

安石用典之精切藻麗，有如隨園詩話所稱：「如水中着鹽，但知鹽味，不知鹽質。」緣其學博才高，於書「無所不讀」，於事「無所不問」，敏以求之，好問則裕，故於使典用事，多能意與言會，天衣無縫，取之不竭，運如股掌。石林詩話稱：「詩之用事，不可牽強，必至於不得不用而後用之，則事詞為一，莫見其安排鬥湊之迹……王荊公作韓魏公挽詞云：『木稼曾聞達官怕，山頹今見哲人萎』，或言亦是平時所得，魏公之薨，是歲適雨木冰，前一歲華山崩，偶有二事，故不覺爾。」西清詩話謂此為「以故事敍實事，其言曰：「作詩妙處，在以故事敍實事，王文公尤高勝。熙寧中華山圯，冰木稼，不久韓魏公薨，公作詩『木稼嘗聞達官怕，山頹果見哲人萎』，或言亦是平時所得，魏公之薨，是歲適雨木冰，前一歲華山崩，偶有二事，故不覺爾。」西清詩話謂此為「以故事敍實事，其言曰：「作詩妙處，在以故事敍實事，王文公尤高勝。熙寧中華山圯，冰木稼，不久韓魏公薨，公作詩『木稼達官怕，山頹果見哲人萎』，用孔子語『太山其頹乎』。舊唐史寧王臥疾，引諺語曰：「木稼達官怕，必大臣當之，吾其死矣。」已而果然，此故事敍實事也。」

再如〈追傷河中使君修撰陸公〉詩，西清詩話載：「嘉祐初王文公陸子履同在書林，日者王生一日見兩公言介甫自此十五年出將入相，顧子履曰：陸學士無背，仕宦齟齬多難，且壽不滿六十，官不至侍從，皆如其言……文公在金陵追傷子履詩云：『主張壽祿無三甲，收拾文章有六丁』用管輅傳謂弟辰曰：『吾背無三甲，腹無三壬，不壽之兆』，及退之『仙官勑六丁，雷電下取將』，此亦故事敍實事，而三甲六丁，儼若天成也。」

王詩用事俱有所本，故能精切的當，詩話所稱引者不止一端，茲列舉如下：

石洲詩話：王荊公題惠崇畫，履用「道人三昧力」之語，初以為

只摹寫其畫筆之精耳，及見王盧溪題惠崇畫詩自注云：往年見趙德之，說惠崇嘗自言，我畫中年後，有悟入處，豈非慧力所得之圓熟故耶？今觀此短軸，定非少年時筆也。此可取以證荊公之詩雖贊畫之語，亦有所據而云也。

優古堂詩話：築黃金臺，前輩以荊公詩「功謝蕭規慙漢第，恩從隗始詫燕臺」。以臺字爲失。按史記云：爲隗改築宮，而師事之。然太白詩云：「何人爲築黃金臺」？則荊公詩本此。（苕溪亦引復齋漫錄同）

漁隱叢話：西清詩話云：熙寧初，張掞以二府初成，作詩賀荊公，公和曰：「功謝蕭規慙漢第，恩從隗始託燕臺」，以示陸農師，農師曰：「蕭規曹隨，高帝論功，蕭何第一，皆摭故實，而請從隗始，初無恩字」。公笑曰：「子善問也，韓退之鬬雞聯句，感恩慙隗始，若無據，豈當對功字也。」乃知前人以用事一字偏枯，爲倒置眉目，返易巾裳，蓋謹之如此。苕溪漁隱曰：荊公春日絕句云：「春風過柳綠如繅，晴日蒸紅出小桃」，余嘗疑紅必有所據，後讀退之桃源圖詩云：「種桃處處惟開花，川原遠近蒸紅霞」，蓋出此也。

苕溪引藝苑雌黃：予頃與荊南同官江朝宗論文，江云：「前輩爲文，皆有所本，如介甫虎圖詩，語極遒健，其間有神閑意定始一掃之句，爲此只是平常語，無出處，後讀莊子宋元君畫圖，有一史後至，儃儃然不趨受揖下立，因之舍解衣盤礴，羸君曰：是眞畫者也。郭象注，內足者神閑而意定，乃知介甫實用此語也。

苕溪漁隱業話：王直方詩話云，送吳仲庶守潭詩云：「自古楚有材，醽醁多美酒；不知樽前客，更得賈生否」。蓋賈誼初爲河南吳公，召置門下，而後謫長沙，其用事之精如此。苕溪漁隱曰，上元戲劉貢甫詩云：「不知太一遊何處，定把青藜獨照公」，此詩用事亦精切。劉向校書天祿閣。夜有老人著黃衣，植青藜杖，叩閣而進，向請問姓名，我是太一之精，天帝聞卯金之子，有博學者，下而觀焉，乃出懷中竹牒授之，見王子年拾遺。此事既與貢甫同姓，又貢甫時在秘閣也。

按《歷代詩話》吳旦生曰：「史記，漢家以望日祀太乙，從昏時祀到明，今人於正月十五夜遊觀鐙，是其遺事，故漁隱但知劉姓與館閣用於貢父爲切，而不知太乙之用於上元爲更佳也。」

觀林詩話：半山云：「不知太乙游何處，定把青藜獨照公」。乃上元夜戲劉貢父詩。貢父時在館中，適與王嘉所載劉向上元夜天祿閣遇太乙降事相契（事見拾遺記，原本嘉譌家，今正），故有此句。然此事前人引用已多，特半山用得著題耳。

觀林詩話：半山酴醾金沙詩云：「我無丹白看如夢，人有朱鉛見即愁」。孫思邈云：「苟丹白存於心中，即神靈如不降」。其用事精切如此。

碧溪詩話：介甫宜春苑詩云：「無復增修事，君王惜費金」。乃暗用漢文惜百金之產而輟露臺事。

韻語陽秋：陳繹奉親至孝，嘗作慶老堂以娛其母，介甫贈之詩云：「種竹常疑出多笋，暗用孟宗事。「開池故合涌寒泉」，暗用姜詩事。

此外，〈次韻酬龔深甫二首〉之二：「他日杜詩傳渭北，幾時周宅對漳南」，係用杜詩，「渭北春天樹」，及「劉宋劉繪，張融，周顒，一時勝士，居皆連牆，故朝野爲之語曰：『三人共宅夾清漳，張南周北劉中央』之事，「以渭北對漳南，所謂無一字無來歷。」（李壁注語）〈全椒張公有詩在北山西庵僧者墁之悵然〉云：「東路角巾非故約，西州華屋漫脩椽」，即用晉書羊祐傳：「與從弟琇書，既定邊事，當角巾東路歸故里」，及謝安甥羊曇過西州門誦曹子建詩：「生存華屋處，零落歸山邱」之事。〈雲中游北山呈廣州使君和叔同年〉曰：「南枝歲晚亦花開，有底堪隨驛使來；看取鍾山如許雪，何須持寄嶺頭梅」，以和叔時赴廣帥，故用嶺頭事尤切也。

第三節　對偶精嚴

律詩重屬對，其理殊易，其道實難，詩藪稱：「七言律對不屬則

偏枯，太屬則板弱。二聯之中，必使極精切而極渾成，極工密而極古雅，極嚴整而極流動，迺為上則。然二者理雖相成；體實相反，故古今文士難之」。安石殫精此理，故有精切藻麗之妙，而無偏枯板弱之弊，不惟律體中兩聯對偶精拔，即絕句，古詩中亦多含工整之偶對。

　　其法度之嚴，講求之精，有如艇齋詩話所稱者：「經對經，史對史，釋氏事對釋氏事，道家事對道家事」。非惟此也，蓋有甚焉，石林詩話曰：「荊公詩用法甚嚴，尤精對偶。嘗云用漢人語，止可以漢人語對，若參以異代語，便不相類。如『一水護田圍綠去，兩山排闥送青來』之類，皆漢人語也。此惟公用之，不覺拘窘卑凡」。此聯係〈書湖陰先生壁二首〉之一，據苕溪詩話載：「山谷云：嘗見荊公於金陵，因問丞相近有何詩』，荊公指壁上所題兩句，『一水護田將綠遶，兩山排闥送青來』，此近所作也。」則其自喜可知。此聯為名句，皆出漢書，「護田」出「西域傳」，「排闥」見「樊噲傳」。而如「宰堵朱甍開北向，招提素脊隱西河」（示俞秀老）、「周顒宅作阿蘭若，婁約身歸宰堵波」（與道原游西莊過寶乘），則皆以梵語對梵語。

　　然則對仗之法，本無定式，開闔變化，在乎匠心，故師友詩傳續記新城王士禎答長山劉大勤之問：「荊公謂漢人語，仍以漢人語對用，異代則不類，此定式否？」其答言曰：「在大家無所不可，非定式，亦非確論也。如以左氏，國語，檀弓，國策語，對漢人語，何不可之有？推之魏晉以下皆然。古人又謂經語對經語，史語對史語，差有理。」

　　石林詩話亟讚安石詩律之精曰：「王荊公晚年，詩律尤精嚴，造語用字，間不容髮。然意與言會，言隨意遣，渾然天成，殆不見有牽率排比處。如「含風鴨綠鱗鱗起，弄日鵝黃裊裊垂」，讀之，初不覺有對偶。至「細數落花因坐久，緩尋芳草得歸遲」，但見舒閒容與之態耳。而字字細考之，若經隱括權衡者，其用意亦深刻矣。嘗與葉致遠諸人和頭字韻詩，往反數四，其末篇有云：「名譽子真矜谷口，事功新息困壺頭」，以「谷口」對「壺頭」，其精切如此。後數日復取本追改云：「豈愛京師傳谷口，但知鄉里勝壺頭」。至今集中兩本並存。

　　甌北詩話雖以爲:「晚年又專求屬對之工,如『含風鴨綠鱗鱗起,弄日鵝黃裊裊垂』。鴨綠作水波,尙有『漢水鴨頭綠』之句可引,鵞黃則新酒亦可說,豈能專喻新柳耶?況柳已裊垂,則色已濃綠,豈尙鵞黃耶?又詩云:『名譽子眞矜谷口,事功新息困壺頭』。又改云:『豈愛京師傳谷口,但知鄉里勝壺頭』。此不過以谷口壺頭裁對成聯耳。『歲晚蒼官(松也)纔自保,日高青女(霜也)尙橫陳』,亦不過以蒼官青女作對。此皆字面上求工,而氣已懨懨不振」,而頗有微詞。元方囘虛谷詩話亦云:「王介甫最工唐體,苦於對偶太精而不脫灑。」不免稍致其譏,然終不掩其工整也。

　　王詩佳篇妙對,層出不窮,精詞麗句,俯拾即是,冷齋夜話評〈王荆公詩之妙〉言:「對句法,詩人窮盡其變,不過以事以意以出處具備謂之妙,如荆公曰:『平昔離愁寬帶眼,迄今歸思滿琴心』,又曰:『欲寄歲寒無善畫,賴傳悲壯有能琴。』」艇齋詩話記:「荆公『種種春風吹不長,星星明月照還稀』,詠白髮也。「種種」出左氏,音董。「星星」對「種種」,甚工」。北山詩話載:「舒王云:『子山清愁一萬斛,右軍白髮三千丈』,可謂名對。」又如〈送張宣義之官越幕二首〉其二:「洲荻藏迷子,溪篁擁若耶」。歷代詩話載吳旦生釋曰:「建康西南十里有迷子洲,按字書謂父曰耶,於遮切……耶乃古爺字也。荆公以若耶谿對迷子洲,取其耶字,子字,作對工切」。耶以對子,荆公詩律之精也若此。

　　安石造語設對,尤能深窺毫芒,窮極象外,故多出人意表,不與眾同,如〈東皐〉詩:「草長流翠碧,花遠沒黃鸝」,苕溪叢話引雪浪齋日記云:「人只知翠碧黃鸝爲精切,不知是四色也。又以武丘對文鷁,殺青對生白,苦吟對甘飲,飛瓊對弄玉,世皆不及其工。」石林詩話曰:「嘗有人向公稱:『自喜田園安五柳,但嫌尸祝擾庚桑』之句,以爲的對。公笑曰:『伊但知柳對桑爲的,然庚亦自是數,蓋以十干數之也。』如此存心,所見自異,宜乎其精嚴工切,迥拔流俗矣。

第四節　刻畫入微

　　王詩形容山水人物，既中的工切，而又淋漓盡緻，此其旁通博覽，廣搜冥求之功也，如侯鯖詩話所言：「東坡在黃州日，作雪詩云：『凍合玉樓寒起粟，光搖銀海眩生花』，人不知其使事也。後移汝海過金陵，見王荊公論詩及此，云：『道家以兩肩爲玉樓，以目爲銀海，是使此否？』坡笑之。退謂葉致遠曰：『學荊公者，豈有此博學哉！』」非荊公之學博，孰能解之哉？碧溪詩話亦稱：「江漢有澦，以扞制泛濫，大灣則溢于平陸，水退澦見，舟人謂之水落槽。又灘石激湍，其中深僅可容舟者，謂之洪。若大水，則不復問洪矣。臨川「萬里寒江正復槽，東江木落水分洪」，以此。（以此以下或有脫誤）亦謂水黃帽，謂雲砲車，非遐征遠涉，不能知也。」無荊公之識廣，何克知之耶？

　　其稱人之精，如艇齋詩話所述：「東湖喜荊公燕侍郎畫山水圖詩，其間云：『燕公侍書燕王府，王求一筆終不予。仁人志士埋黃土，只有粉墨歸囊楮』，此可謂能形容燕公也」。詠物之切，如艇齋詩話所記：「荊公詩葛溪驛云：『缺月昏昏漏未央』，其末云：『鳴蟬正亂行人耳』，予嘗疑夜間不應有蟬鳴。後見說者云：「葛谿驛夜間常有蟬鳴，此正與寒山半夜鐘相類」。古今詩塵亦載：「荊公作相日，苑中有石榴一叢，枝葉甚茂，止發一花，題詩云：『濃綠萬枝紅一點，動人春色不須多』」（按此句不成篇，或疑非安石詩。）〈招約之職方并示正甫書記〉詩：「金鈿擁蕪菁，翠被敷苜蓿」，以蕪菁花黃故比金鈿，苜蓿色青故譬翠被。〈將次洺州憩漳上〉詩：「平田鴉散啄，深樹馬迎嘶」，李壁注曰：「田之平衍，鴉乃散啄，馬喜嘉蔭，望樹而嘶，二句妙甚可畫。」

　　至狀景之工，尤多妙篇，見於詩話所稱者，如艇齋詩話：荊公汴水詩云：「相逢故人昨夜去，不知今日到何州。州中人物不相似，處處蟬聲令客愁」。讀此足知汴水湍急，一日動數百里。韻語陽秋：王荊公題燕侍郎山水詩，有「燕公侍書燕王府，王求一筆終不與」之句，故燕畫之在世者甚鮮，學士院亦有燕侍郎畫圖，荊公有一絕云：「六幅生綃四五峯，暮雲樓閣有無中。去年今日長千里，遙望鍾山與此

同」。張天覺有詩跋其後云：「相君開卷憶江東，彷彿鍾山與此同。今日還爲一居士，翛然身在畫圖中」。苕溪漁隱亦載：高齋詩話云：舒州三祖山金牛洞，山水聞于天下，荊公嘗題詩云：「水泠泠而北去，山靡靡而旁圍；欲窮源而不得，竟悵望以空歸」，後人鑿山刊木，浸失山水之勝，非公題詩時比也。魯直效公題六言云：「司命無心播物，祖師有記傳衣；白雲橫而不度，高鳥倦而猶飛」，識者云：語雖奇亦不及荊公之自然也。遯齋閑覽云：唐人題西山寺詩云：「終古礙新月，半江無夕陽」，人謂冠絕古今，以其盡得西山之景趣也。今山寺留題者亦多，而絕少佳句，惟「寺影中流見，鐘聲兩岸聞」，又「天多剩得月，地少不生塵」，最爲人傳誦，要亦未爲至工，若用之於落星寺有何不可乎。熙寧中，荊公有句云：「天末海門橫北固，煙中沙岸似西興。」尤爲中的。張文潛云：「余自金陵月堂，謁蔣帝祠，初出北門，始辨色，行平野中，時暮春人家，桃李未謝，西望城壁壕水，或絕或流，多鵁鶄白鷺，迤邐近山，風物夭秀，如行錦繡圖畫中，舊讀荊公詩，多稱蔣山景物，信不誣也。」再如〈得孫正之詩因寄呈曾子固〉：「水搖疏樹荒城路，日帶浮雲欲雪天」，李壁謂：「荒城對欲雪，比平時詩似少工而意則甚精而如畫也。」〈和金陵懷古〉：「一鳥帶煙來別渚，數帆和雨下歸舟」，兩句畫盡無涯之景矣。

第五節　意境高遠

　　王詩格高而意妙，頗多韻調高古，情味俱佳之作，昭昧詹言稱：「向謂歐公思深，今讀半山，其思深妙，更過於歐，學詩不從此入，皆粗才浮氣俗子也。用意深，用筆布置逆順深，章法疏密伸縮裁翦，有濶達之境，眼孔心胸大，不迫猝淺陋易盡，如此乃爲作家，而用字取材造句可法。」宋釋普聞《詩論》以爲：「荊公之詩，覃深精思，是亦今時之所向也。」又論曰：「詩家云：鍊字莫如鍊句，鍊句莫若得格，格高本乎琢句，句高則格勝矣。天下之詩，莫出乎二句，一曰

意句，二曰境句，境句易琢，意句難製，境句人皆得之，獨意句不得其妙者，蓋不知其旨也。所以魯直荊公之詩，出乎流輩者，以其得意句之妙也。何則，蓋意從境中宣出，所以此詩作荊公集中之眼者，妙在斯耳。」

王詩意境之高，其來有自，艇齋詩話載：「唐人李涉善爲歌行，如才調集所載雞鳴曲，荊公大喜，選載燕王好賢築金臺詩之類，皆全篇有思致，而詞近古。」意境高遠之作，如〈送和甫寄女子〉詩云：「荒烟涼雨助人悲，淚染衣襟不自知；除卻東風沙際綠，一如看汝過江時。」宋釋普聞《詩論》謂：「拂去豪逸之氣，屏蕩老健之節，其意韻幽遠清癯，雅麗爲得也。」《四皓》其二：「出處但有禮，廢興豈所存」，劉辰翁評謂：「眞世外之言，當其來時，不知將易太子也，使其爲太子故，豈不自量非力所及，又豈足以動老人之心哉！語短味長如此。」故胡漢民詩詠曰：「紫芝曄曄避秦風，出處惟知禮是從；失去二生來四皓，犯顏未許叔孫通。」

〈朝日一曝背〉詩：「朝日一曝背，欣然忘夜寒。樵松煮澗水，既食取琴彈。彈作南風歌，歌罷坐長歎。寤彼栖栖者，遺世良獨難。」語少而怨長，瀟然而淡遠。〈道人北山來〉云：「道人北山來，問松我東崗。舉手指屋脊，云今如此長。」蓮坡詩話謂首四句「極平澹中意味無窮。」〈雙廟〉詩：「北風吹樹急，西日照窗涼」，其託意深遠，非止詠廟中景物而已。〈自金陵至丹陽道中有感〉：「苑方秦地皆蕪沒，山借楊州更寂寥，荒埭暗雞催月曉，空場老雉挾春矯。」「山借楊州」固超遠不可及，而以「催月曉」，「挾春驕」反映雞鳴埭之荒與射雉場之空，寓故事於蒼涼感慨之中，尤精華深妙。他如〈寄朱昌叔〉，「西安春風花籠樹，花邊飲酒今何處。一盃塞上看黃雲，萬里寄聲無雁去。世事紛紛洗更新，老來空得滿衣塵。青山欲買江南宅，歸去相招有此身。」〈獨山梅花〉：「獨山梅花何所似，半開半謝荊棘中。美人零落依草木，志士憔悴守蒿蓬，亭亭孤雁帶寒日，漠漠遠香隨野風。移栽不得根欲老，囘首上林顏色空。」詩意亦均高遠不可及。

第三章　缺　點

第一節　佻巧軟弱

冷齋夜話以為，造語之工，至荊公而極其變，其言曰：「唐詩有曰，長因送客處，憶得別家時，又曰舊國別多日，故人無少年，而荊公用其意，作古今不經人道語，荊公詩曰：『木末北山煙冉冉，草根南澗水泠泠；繰成白雪桑重綠，割盡黃雲稻正青。』如華嚴經舉因知果，譬如蓮花，方其吐華，而果具蕊中。造語之工，至於荊公東坡山谷，盡古今之變，荊公曰：『江月轉空為白晝，嶺雲分暝與黃昏』，又曰：『一水護田將綠遶，兩山排闥送青來』……山谷曰，此皆謂之句中眼，學者不知此，韻終不勝。」故敖陶孫詩評謂之曰：「王荊公如鄧艾縋兵入蜀，要以險絕為工。」

源其所以刻意求工者，亦因求勝心切故也，自序唐百家詩選云：「廢日力於此，良可悔也，雖然，欲知唐詩者，觀此足矣。」元毋逢辰序謂：「公於選詩，廢日力且如此，況作詩乎。」楊蟠後序復云：「文正公道德文章，天下之師，於詩尤極其工，雖嬰以萬務而未嘗忘之，故詩嘗言：『看似尋常最奇崛，成如容易卻艱辛』，蓋自道也。」

或謂王師學三謝，故爾佻巧，漫叟詩話云：「荊公定林後詩，精深華妙，非少作之比，嘗作歲晚詩云：『月映林塘澹，天涵笑語涼。俯窺憐綠淨，小立佇幽香。携幼尋新菂，扶衰坐野航。延緣久未已，

歲晚惜流光。』自以比謝靈運，議者亦以爲然。」後山詩話載：「魯直謂荊公詩，暮年方妙，然格高而體下，如云：『似聞青秧底，復作龜兆坼』，乃前人所未道。又云：『奉輿度陽焰，窈窕一川花』，雖前人亦未易道也。然學二謝失于巧爾。」三謝即靈運，惠連與玄暉，大謝體尚巧似，篇詞繁富，以險爲主，自然爲工；小謝才思富捷，工爲綺麗，風人第一，酌取險怪；謝朓則藏險怪於意外，發自然乎句中，後村詩話評三謝謂：「詩至三謝，如玉人之攻玉，錦人之機錦，極天下之工巧組麗，而去建安黃初遠矣。」

　　王詩學謝靈運者如「春晨花上露」（山中），即大謝之「花上露猶炫」；「春草已生無好句，阿連空復夢中來」（寄四姪旅），即用謝靈運夢見族弟惠連，得「池塘生春草」事。〈示俞秀老〉更云：「未怕元劉妨獨步，每思陶謝與同遊」，直以靈運爲範矣。仿惠連者，如〈白鷺洲遇雪〉詩：「朔風積夜雪，明發洲渚淨。開門望鍾山，松石皓相映。」擬玄暉者如「家家新堤廣能築」（塞翁行），即謝之「秋場廣能築」；「春風先我入皇州」（寄平甫），即謝之「宛洛佳遨遊，春色滿皇洲」；「不見故人天際舟」（示俞秀老），即謝之「天際識歸舟。」

　　王詩工麗者，如北山詩話所記：「荊公云：『永矢從子遊，合若扇上鐶』，古無此意，其工如此。」詩人玉屑載《梅花詩》云：「凡詠梅多詠白，而荊公獨云：『鬢撚黃金危欲墮，蒂團紅蠟巧能粧』。不惟造語巧麗，可謂能道人不到處矣。又東坡詠梅一句：『竹外一枝斜更好』，語雖平易、然頗得梅之幽獨閑靜之趣。凡詩人詠物，雖平淡巧麗不同，要能以隨意造語爲工。」石遺室詩話：「余嘗語子培，荊公詩甚妖冶，子培曰：『何以言之』，余曰：『怊悵俯凌波，殘粧壞難整』，不謂之妖冶得乎？」三山老人語錄亦云：「荊公詩云，細數落花因坐久，緩尋芳草得歸遲，六一居士詩云，靜愛竹時來野寺，獨尋春偶過溪橋，二公皆狀閑適，荊公之句爲工」。（苕溪漁隱引）

　　顧詩太工則傷風骨，太巧則損自然，宋王直方歸叟詩話謂「荊公晚年詩傷工」（苕溪漁隱引），其弊有如歲塞堂詩話所述：「王介甫只

知巧語之爲詩，而不知拙語亦詩也。」故隨園詩話貶之曰：「昔人言白香山詩無一句不自在，故其爲人和平樂易；王荊公詩無一句自在，故其爲人拗強乖張。愚謂王荊公作文，落筆便古，王荊公論詩，開口便錯，何也？文忌平衍，而公天性拗執，故琢句選詞，迥不猶人。詩貴溫柔，而公性情刻酷，故鑿險縋幽，自墮魔障。」

東坡春宵詩：「春宵一刻值千金，花有清香月有陰；歌管樓臺聲細細，鞦韆院落夜沈沈。」介甫夜直詩：「金爐香盡漏聲殘，剪剪輕風陣陣寒；春色惱人眠不得，月移花影上欄杆。」誠齋詩話稱「二詩流麗相似，然亦有甲乙」。艇齋詩話亦載：「東湖言荊公『月移花影上欄杆』，不是好詩，予以爲止似小詞」，正坐此病。又如「千枝孫嶧陽，萬本母淇奧」，吳旦生曰：「荊公過於鑱鑿，輒失天然之致。只此二語，魏華父謂：『孫枝取杜子美賦，桐花未吐，孫枝之鸞鳳相鮮。此猶未害，如母淇奧稍牽強。』」（歷代詩話）

第二節　失序重複

〈桃源行〉前二句：「望夷宮中鹿爲馬，秦人半死長城下。」指鹿爲馬乃二世事，而長城之役乃始皇，故艇齋詩話引東湖之言，謂此二句倒了，當言「秦人半死長城下，望夷宮中鹿爲馬」，方有倫序。

「繰成白雪桑重綠，割盡黃雲稻正青」二句，絕句中凡雙見，一爲〈木末〉，一爲〈同陳和叔游齊安院〉，又〈示俞秀老〉云：「繰成白雪三千丈」，亦復類之。「野草自發還自落」之句，亦重見於七絕〈午枕〉及〈越人以幕養花游其下〉。「招提雪脊隱雲端」（過法雲寺），則近似「招提素脊隱西河」。（示俞秀老）

十駕齋養新錄記王介甫詩云：「王介甫仁宗皇帝挽詞，『厭代人間世，收神天上遊』。厭代即厭世，莊子天地篇，千歲厭世，去而上仙是也，一句之中世代重出，謂介甫精於小學，吾不信也。」韻語陽秋亦載：「張劍州以太夫人喪劍州歸，荊公予之詩並示女弟云：『烏辭反哺顚毛

黑，鳥引思歸口舌丹』。又有張劍州至劍一日以親憂罷詩曰：『白頭反哺秦烏側，流血思歸蜀鳥前』，所賦皆一時之事，而語意重複如此，何邪」？

　　律詩〈始與韓玉汝相近居唱和詩〉：「羇旅兒童得近鄰，相知邂逅即情親。當時豈意兩家子，此地更爲同社人。」係重用〈送別韓虞部〉詩：「客舍街南初著巾，與君兄弟即相親。當年豈意兩家子，今日更爲同社人。」絕句〈春入〉：「春入園林百草香，池塘冰散水生光；身閑是處堪携手，何事低回兩鬢霜」。〈懷舊〉：「吹破春冰水放光，山花澗草百般香；身閑處處堪携手，何事低回兩鬢霜」。二詩絕類，故李壁謂：「春入與懷舊後一聯全同，而上二句此前作尤勝，疑此是後來改本。」〈寄虞氏兄弟〉云：「久聞陽羨安家好，自度淵明與世疎。」與〈寄闕下諸父兄兼示平父兄弟〉：「久聞陽羨溪山好，頗與淵明性分宜」同意。誠如嚴復所評：「自襲前意，要是一病。」

第三節　武斷失實

　　詩人玉屑記「用事失照管」一條，引高齋詩話曰：「荊公桃源行云：『望夷宮中鹿爲馬，秦人半死長城下』。指鹿爲馬乃二世事，而長城之役，乃始皇也。又指鹿事不在望夷宮中。荊公此詩，追配古人，惜乎用事失照管，爲可恨耳。」詠楊雄詩亦同此失，復齋漫錄云：「荊公既排退之後，而喜楊雄，故著說以明劇秦非雄所作，又爲詩以辨之曰：『豈嘗知符命，何苦自投閣。長安諸愚儒，操行自爲薄。謗嘲出異己，傳載固疎略。孟軻勸伐燕，伊尹干說亳。扣馬觸兵鋒，食牛要祿爵。小知羞不爲，況彼皆卓犖。史官蔽多聞，自古喜穿鑿。』蓋以投閣劇秦等事，比伊尹干湯，伯夷扣馬，百里奚飯牛，爲不足信也。人之嗜好，一有所感如此，然其後又作絕句以詠雄云：『他年未免投天閣，虛爲新都著劇秦。』又古詩云：『歲晚天祿閣，強顏爲劇秦』者何邪？」

　　苕溪漁隱載：遯齋閑覽云：「莆陽通應子魚，名著天下，蓋其地有通應侯廟，廟前有港，港中之魚最佳，今人必求其大可容印者，謂

之通印子魚，故荊公亦有詩云，長魚俎上通三印，此傳聞之訛也」。
韻語陽秋稱：「漢文欲輕刑而反重，議者以爲失本惠而傷吾仁，固也。
或又咎帝短喪，爲傷於孝；余觀遺詔，率皆言爲己損制，未嘗使士庶
皆短喪也。厥後丞相翟方進與薛宣服母喪，皆三十六日而除。而顏師
古注云：漢制自文帝遺詔，國家遵以爲常。則咎不在文帝矣。而王荊
公詩云：『輕刑死人眾，短喪生者偷。仁孝自此薄，哀哉不能謀。』
『輕刑死人眾』，則固然矣；『短喪生者偷』，則似誣文帝也」。觀林詩
話亦記：「華亭並海有金山，潮至則在海中，潮退乃可游山。有寒穴
泉，甘冽與惠山相埒。穴在山麓，泉鍾其間，適與海平。而半山和華
亭令唐詢十咏寒穴泉詩，乃云：『高穴與雲平』，蓋未嘗至其處也。毛
澤民作泉銘，敍半山詩云：泉當因此詩以名世。然余以爲因半山詩以
增重於世，則此泉之幸。若後世好事者，欲憑此詩以考寒穴所在，則
失之遠矣，非泉之不幸歟？」凡此皆失於考證者也。

　　〈紅梨〉詩云：「歲晚蒼官纔自保，日高青女尙橫陳」，復齋漫祿
以爲：「荊公以青女爲霜，於理未當。杜子美秋野詩云，飛霜任青女，
乃爲盡理。梁昭明博山香爐賦云，青女司寒，紅光翳景，亦皆爲霜雪
神矣。」〈殘菊〉詩云：「黃昏風雨打園林，殘菊飄零滿地金」，西清
詩話記云：「歐陽文忠公嘉祐中見王文公詩，『黃昏風雨暝園林，殘菊
飄零滿地金』。笑曰：『百花盡落，獨菊枝上枯耳』，因戲曰：『秋花不
比春花落，爲報詩人仔細吟』，文公聞之怒曰：『是定不知楚辭云，餐
秋菊之落英，歐九不學之過也。』」高齋詩話云：「荊公此詩，子瞻跋
之，『秋英不比春花落，說與詩人仔細看』，蓋爲菊無落英故也。荊公
云：『蘇子瞻讀楚詞不熟耳』。予以謂屈平餐秋菊之落英，大概言花衰
謝之意，若飄零滿地金，則過矣」。（藏海詩話與此所記同）。（案此事
西清作歐陽修語，高齋，藏海作蘇子瞻語，漁隱叢話辨其皆出依託曰：
「秋英不比春花落，爲報詩人仔細看，此是兩句詩，余於六一居士全
集，及東坡前後集，偏尋並無之，不知西清高齋，何從得此二句詩，
互有譏議，亦疑其不審也。」）此事諸家聚訟紛紜，多持「始英」之

說。要之安石之妄，其罪在讀楚辭不精耳，故嚴復評曰：「此與落英同爲不考事實語，幾見菊有飄零滿地者，余試代菊訴之：黃爲正色抱秋心。自向乾坤得氣深；縱教風霜欺到骨，不曾飄墜到牆陰。」〈縣舍西亭〉詩云：「主人將去菊初栽，落盡黃花去卻迴」，亦同此失。

第四節　刻意模擬

「剽竊模擬，詩之大病」（藝苑卮言），前人已慨乎言之，安石廢日力於唐詩，往往誤用，石林詩話稱：「讀人詩，多意所喜處，誦憶之久，往往不覺誤用爲己語，綠陰生畫寂，孤花表春餘，此韋蘇州集中最爲警策，而荊公詩乃有綠蔭生畫寂，幽草弄秋妍之句，大抵荊公閱唐詩，多於去取之間，用意尤精，觀百家詩選可見也。」又因生性好勝，翰墨間每欲與古人爭強梁，一瓢詩話謂：「王荊公好將前人詩，竄點字句爲己詩，亦有竟勝前人原作者，在荊公則可，吾輩則不可。」

然此弊於古有之，特安石爲甚耳。漁隱叢話曰：「余舊見顏持約所畫淡墨杏花，題小詩于後，仍題持約二字，意謂此詩必持約所作。比因閱唐宋類詩，方知是羅隱作，乃持約竊之耳。詩云：『暖氣潛催次第春，梅花已謝杏花新。半開半落閑園裏，何異榮枯世上人。』古之詩人如王維，猶竊李嘉祐『水田飛白鷺，夏木囀黃鸝。』僧惠崇爲其徒所嘲云：『河分岡勢司空曙，春入燒痕劉長卿。不是師兄多犯古，古人詩句犯師兄。』皆可軒渠一笑也。」西清詩話云：「許昌西湖展江亭成，宋元憲留題云：『鑿開魚鳥忘情地，展盡江湖極目天』之句，皆以謂曠古未有此語。然本於五代馬殷據潭州時建明月圃，命幕客徐仲雅賦詩云：『鑿開青帝春風圃，移下姮娥夜月樓。』用古句摹擬，詞人類如此。但有勝與否耳。」可以概見。

錢默存談藝錄稱「荊公詩好模襲」曰：「每遇他人佳句，必巧取豪奪，脫胎換骨，百計臨摹，以爲己有，或襲其句，或改其字，或反其意，集中作賊，唐宋大家無如公之明目張膽者，本爲偶得天成之高

妙，遂著斧鑿拆補之痕迹。」此緣安石深知「詩意無窮，而人才有限，以有限之才，追無窮之意，雖淵明少陵，不得工也」之理，故爾多用奪胎換骨之法，以求翻新出奇。不易其意而造其語者，換骨法也，如菊詩云：「千花百卉彫零後，始見閑人把一枝。」規摹其意形容之者，奪胎法也，如過外弟飲云：「一日君家把酒杯，六年波浪與塵埃；不知烏石江頭路，到老相尋得幾回。」

王詩模擬前作，或竊其句，或師其意，竊句構者如：

西清詩話：仁廟嘉祐中，開賞花釣魚宴，介甫以知制誥預末坐，帝出詩示羣臣，次第屬和，末至介甫，日將夕矣。亟欲奏御，得披香殿字，未有對，時鄭毅夫獬接席顧介甫曰，宜對太液池，故其詩有云，披香殿上留朱輦，太液池邊送玉盃，翌日都下盛傳，王舍人竊柳詞，「太液波翻，披香簾卷」，介甫頗銜之。優古堂詩話：太液披香　西清詩話記荊公賞花釣魚詩：「披香殿下留珠輦，太液池邊送玉杯」。都下翼日競以公用柳耆卿詞「太液波翻，披香簾卷」之語。予讀唐上官儀初春詩：「步輦出披香，清歌臨太液」，乃知上官儀已嘗對之，豈始耆卿邪？周庚信春賦：「宜春苑中春已歸，披香殿裏作春衣」。長安有宜春宮，此又以宜春對披香矣。

優古堂詩話：玉斧修成寶月團　荊公詩：「玉斧修成寶月團，月邊仍有女乘鸞。青冥風露非人世，鬢亂釵橫特地寒」。江淹詠扇詩：「畫作秦王女，乘鸞向煙霧」，非止用簫史事也，玉斧事見西陽雜組。

優古堂詩話：「細數落花因坐久，緩尋芳草得歸遲」，前輩讀書與作詩既多，則遣詞措意，皆相緣以起，有不自知其然者。荊公晚年閑居詩云：「細數落花因坐久，緩尋芳草得歸遲」。蓋本於王摩詰「興闌啼鳥換，坐久落花多」。而其辭意益工也。

優古堂詩話：兩山排闥送青來　荊公詩云：「一水護田將綠遶，兩山排闥送青來」。蓋本五代沈彬詩「地限一水巡城轉，天約羣山附郭來」。彬又本唐許渾「山形朝闕去，河勢抱關來」之句。

優古堂詩話：據槁梧　荊公詩：「各據槁梧同不寐，偶然聞雨落

階除」，唐李嘉祐時：「據梧聽好鳥，行藥寄名花」，莊子：「據槁梧而瞑。」

艇齋詩話：荊公絕句云：「有似錢塘江上見，晚潮初落見平沙」，兩句皆有來歷，才調集詩云：「還似琵琶弦畔見，細圓無節玉參差」，此上句來歷也。張籍詩云：「閒尋泊船處，潮落見平沙」，此下句來歷也。第讀詩不多，則不知耳。

石洲詩話：王荊公詩「強逐蕭騷水，遙看慘淡山」。李雁湖注云：「白傅：池殘寥落水，窗下悠颼風」。唐人多有此句法。唐太宗固已有「色含輕重露，香引去來風」之語。

觀林詩話：半山嘗於江上人家壁間，見一絕云：「一江春水碧揉藍，船趁歸潮未上帆。渡口酒家賒不得，問人何處典春衫」。深味其首句，為躊躇久之而去。已而作小詞，有「平漲小橋千幛抱，揉藍一水縈花草」之句，蓋追用其語。

碧溪詩話：退之「心訝愁來唯貯火，眼知別後自添花」，臨川云：「髮為感傷無翠葆，眼從瞻望有玄花。」又「久欽江總文才妙，自歎虞翻骨相屯」。又云：「久諳郭璞言多驗，老比顏含意更疏」。柳：「十年顦顇到秦京，誰料今為嶺外行」，王：「十年江海別常輕，豈料今隨寡嫂行。」柳：「直以疏慵招勿議，休將文字趁時名」，王：「直以文章供潤色，未應風月負登臨。」……皆不約而合，句法使然故也。

其他句法絕似者如：

強逐蕭騷水，遙看慘淡山。（寄西庵禪師行詳）

——白樂天：池殘寥落水，窗下悠颼風。

雨花紅半墮，煙樹綠相依。（暮春）

——白樂天：露杏紅初拆，煙楊綠未成。

准岑日對朱欄出，江岫雲齊碧瓦浮。（平山堂）

——王勃：畫棟朝飛南浦雲，朱簾暮捲西山雨。

五更縹緲千山月，萬里淒涼一笛風。（松江）

——杜甫：三年笛裏關山月，萬國兵前草木風。

梅殘數點雪，麥漲一川雲。（題齊安驛）

——曹松：林殘數枝月，髮冷一梳風。

荷葉參差卷，柳花次第開。（題何氏宅園亭）

——杜牧：舊事參差夢，新程迤邐秋。

蒲葉清淺水，杏花和暖風。（蒲葉）

——杜牧：蘿洞清淺水，竹廊高下風。

君正忙時我正閑。（示王鐸主簿）

——盧綸：花正濃時君正愁。

　　師意法者，如豫章詩話所載：「張文潛云，詩三百篇，雖云婦人女子小夫賤隸所為，要之非深於文章者不能作，如七月在野以下皆不道破，至十月入我牀下，方言是蟋蟀，非深於文章者能之乎？然是詩乃周公作，其超妙宜矣。荊公絕句云：『昏黑投林曉更驚，背人相喚百般鳴；柴門長閉春風暖，事外還能見鳥情』，蓋祖此法。」優古堂詩話亦記：「魏文帝柳賦：『在予年之二七，植斯柳乎中庭，始圍寸而高尺，今連拱而九成。』桓溫北伐，經金城，見為瑯琊時種柳皆已十圍，慨然曰：『木猶如此，人何以堪』，乃知覩木而興歎，代有之矣。……文忠詩云：『人昔共游今孰在？樹猶如此我何堪？』荊公詩：『道人北山來，問松我東岡；舉手指屋脊，云今如許長。』劉斯立詩云：『麥隴漫漫宿穭黃，新苗寸寸未禁霜；手中馬箠餘三尺，想見歸時如許長。』意皆相沿以生也。」

　　其他如「汲泉養之花不老，花底幽人自衰槁」（法雲），即元微之「年年祇見人空老，歲歲何曾花不開」之意。「汗與水俱滴，身隨陰屢移。誰當哀此勞，往往奪其時」（田漏），即唐李紳：「耕禾日當午，汗滴禾下土；誰知盤中餐，粒粒皆辛苦」之意。「榮華去路塵，謗辱與山積」（送子思兄參惠州軍），即韓詩「歡華不滿眼，咎責塞兩儀」之意。「幽鳥不見但聞語」（寄平甫弟衢州道中），即唐韓偓「人語靜先聞，鳥啼深不見」之意。「世網掛士如蛛絲，大不及取小綴之」（寄慎伯筠），即李白：「獵家張兔罝，不能掛龍虎；所以青雲人，高歌在岩戶」之意。「春晚取花去，酬我以清陰」（半山春晚即事），即唐人

「綠蔭清潤似花時」之意。「水閱公三世，雲浮我一身」（送鄧監簿南歸），即陸士衡歎逝賦：「川閱水以成川，水滔滔而日度；世閱人而爲世，人冉冉而行暮」之意。「冉冉春行暮，菲菲物競華，鶯猶求舊友，燕不背貧家」（春日），即武瓘：「花開蝶滿枝，花謝蝶還稀；惟有舊巢燕，主人貧亦歸」之意。

再如「倦鵲猶三匝」（遲明），即魏武帝詩：「月明星稀，烏鵲南飛；遶樹三匝，無枝可依」之意。「飛花着地容難冶，鳴鳥窺人意轉閒」（寄友人），即唐詩「簷前花覆地，竹外鳥窺人」之意。「不爲摧傷改性靈，靜中猶見舊儀刑。每憐今日長垂翅，卻悔當年誤剪翎。醫得舊創猶有法，相知多難豈無經，稻粱且向人間覓，莫羨搏風起北冥」（邢太保有鶴折翼以詩傷之），即白樂天病鶴詩：「右翅低垂左股傷，可憐風貌甚昂藏；亦知白日青天好，未要高飛且養創」之意。「已聞鄰杏好，故挽一枝春」（病中睡起折杏花數枝），即韓詩「西鄰北郭古寺空，杏花兩株能白紅」之意。「嗟我與公皆老矣，拂天松柏見栽時」（示永慶院秀老），即太白胡僧歌：「此僧年紀那得知，手種青松今十圍」，又賈島詩：「養鸜成大鶴，種子作高松」之意。

又如「盧仝不出憎流俗，我卜郊居避俗僧，仝有鄰僧來乞米，我今送米乞鄰僧」（楊德逢送米與法雲二老作此詩），即韓公寄仝詩：「先生結髮憎俗徒，閉門不出動一紀；至今鄰僧乞米送，僕忝縣尹能不恥」之意。「紅襆未開知婉娩，紫囊猶結想芳菲；此花似欲留人住，山鳥無端勸我歸。」（後殿牡丹未開），即權德輿詩：「晝漏沉沉倦瑣闈，西垣東觀閱芳菲；繁花滿樹似留客，應爲主人休浣歸」之意。「荒雲涼雨水悠悠，鞍馬東西鼓吹休，尙有燕人數行淚，回身欲望塞南流」（入塞），即雍陶詩：「大渡河邊蠻亦愁，行人將渡盡回頭；此中遙寄思鄉淚，南去應無水北流」之意。「簾幙無風起沉寥，誰悲精鐵任飄飄；隨商應角知無意，不待歌成韻已消」（和崔公度家風琴八首之二），即高駢題風箏詩：「夜靜絃聲響碧空，宮商信任往來風；依稀似曲纔堪聽，又被移將別調中」之意。

王詩剽竊之迹，見於詩話稱引者，如：

苕溪漁隱曰：王駕情景云：「雨前初見花間蕊，兩後兼無葉底花；蛺蝶飛來過牆去：應疑春色在鄰家」，此唐百家詩選中詩也。余因閱荊公臨川集，亦有此詩云：「雨來未見花間蕊，雨後全無葉底花；蜂蝶紛紛過牆去，卻疑春色在鄰家」。百家詩選是荊公所選，想愛此詩，因為改七字，使一篇語工而意足，了無鑱斧之迹，眞削鐻手也。

復齋漫錄云：荊公詩：「靜憩鳩鳴午，荒尋犬吠昏」，學者謂公取唐詩「一鳩鳴午寂，雙燕語春愁」之句，余嘗見東坡手寫此詩，乃是「靜憩雞鳴午」，讀者疑之，蓋不知取唐詩「楓林社日鼓，茆屋午時雞」。

觀林詩話載：半山晚年所至處，書窗屏間云：「當時諸葛成何事，只合終身作臥龍」，蓋痛悔之詞。此乃唐薛能詩句。

優古堂詩話：韓退之喜雪獻裴尙書詩云：「喜深將策試，驚密仰簷窺」，又云：「氣嚴當酒煖，灑密聽窗知」，荊公全用一聯云：「借問火城將策試，何如雲屋聽窗知。」

錢默存談藝錄：他若自遣之閑戶欲推愁，愁終不肯去；底事春風來，留愁不肯住。則攻許愁城終不破，盪許愁城終不開；閉戶欲推愁，愁終不肯去；深藏欲避愁，愁已知人處之顯形也。徑暖之靜憩雞鳴午，荒尋犬吠昏；則一鳩鳴午寂，雙燕話春愁之變相也。次韻平甫金山會宿之天末海門橫北固，烟中沙岸似西興，已無船舫猶聞笛，遠有樓臺只見燈；則天末樓臺橫北固，夜深燈火見揚州之放大也。鍾山即事之茅簷相對坐終日，一鳥不鳴山更幽；則鳥鳴山更幽之翻案也。閒居之細數落花因坐久，緩尋芳草得歸遲，則興闌啼鳥換，坐久落花多之引申也。五律懷古，七律歲晚懷古，則淵明歸去來辭等之捃華也，此皆雁湖註所詳也。其未詳者，如即事之我意不在影，影長隨我身，我起影亦起，我留影逡巡，則太白月下獨酌，月既不解飲，影徒隨我身，我歌月徘徊，我舞影零亂之摹本也。自白土村入北寺之獨尋飛鳥外，時渡亂流間，坐石偶成歇，看雲相與還，定林院之因脫水邊履，就敷嚴上衾，但留雲對宿，仍

值月相尋，則右丞終南別業行到水窮處，坐看雲起時，及歸嵩山作，流水如有意，暮禽相與還之背臨也。示無外之鄰雞生午寂，幽草弄秋妍，則韋蘇州遊開元精舍，綠蔭生畫靜，孤花表春餘之仿製也。次韻吳季野題澄心亭之躋攀欲絕人間世，締構應從物外僧，則章得象巾子山翠微閣，頻來不是鹿中客，久住偏宜物外僧之應聲也。春晴之新春十日雨，雨晴門始開，靜看蒼苔紋，莫上人衣來，則右丞書事，輕陰閣小雨，深院畫慵開，坐看蒼苔色，欲上人衣來之效顰也。

安石胎息杜韓，用力唐詩，縱迹六朝，旁逮時賢，茲探其述造之源如次：

〔陶淵明〕

安石非惟志行師元亮，即詩亦如之，遯齋閑覽云：「王荊公在金陵，作詩多用淵明詩中事，至有四韻詩全使淵明詩者，且言其詩有奇絕不可及之語，如『結廬在人境，而無車馬喧；問君何能爾，心遠地自偏。』有詩人以來無此句也。」荊公效之者即〈歲晚懷古〉：「先生歲晚事田園，魯叟遺書廢討論。問訊桑麻憐已長，按行松菊喜猶存。農人調笑追尋壑，稚子歡呼出候門。遙謝載醪祛惑者，吾今欲辯已忘言。」他如「山花如水淨，山鳥與雲閒；我欲拋山去，山仍勸我還。」「雲從鍾山起，卻入鍾山去；借問山中人，雲今在何處。」「午鳩鳴春陰，獨臥林壑靜；微雲過一雨，淅瀝生晚聽。」「山風吹更寒，山月相與清。客至當飲酒，日月無根株。」皆仿陶公。襲取字句者如下：
（上為王詩，括弧中為陶詩，下同。）

　　載醪但頗惑。又：知君非我載醪人。（載醪祛所惑。）
　　道人忘我我忘言。（欲辯已忘言。）
　　相知何藉一劉龔。（舉世無知者，只有一劉龔。）
　　年小從他愛梨栗。（過子垂九齡，但覓梨與栗。）
　　我如逆旅當還客。（客如逆旅舍，我如當去客。）

〔白居易〕

王詩法居易，獨不為其樂易耳，〈何處難忘酒二首〉，自注云「擬

白樂天作」，其一云：「何處難忘酒，英雄失志秋。廟堂生莽卓，巖谷死伊周。賦歛中原困，干戈四海愁。此時無一盞，難遣壯圖休」。藏海詩話謂：「白樂天詩云：『紫藤花下怯黃昏』。荆公作苑中絕句，其卒章云：『海棠花下怯黃昏』。乃是用樂天語，而易紫藤爲海棠，便覺風韻超然。」

今更舉數例以明之：

石腳立竹青扶疎。（松竹青扶疎。）

重經高處寺，一與白雲親。（獨上高寺去，一與白雲期。）

坐失兩孤雲。（兩處或孤雲。）

思婦向砧愁。（誰家思婦秋擣帛，月苦風淒砧杵悲。）

錦囊佳麗敵西施。（分無佳麗敵西施。）

寒莢著天榆歷歷。（歷歷天上種白榆。）

只合箕山作外臣。（堯被巢由作外臣。）

御水新如鴨頭綠。（鴨頭新綠水。）

相知不必因相識。（相逢何必曾相識。）

西南枝上月徘徊。（西園飛蓋處，依舊月徘徊。）

荒城人少半爲村。（市井蕭條半似村。）

自憐湖海三年隔，又作塵沙萬里行。（雲雨三年別，風波萬
　里行。）

膚雪參差是太眞。（中有一人字太眞，雪膚花貌參差是。）

直須留此占年芳。（只教桃李占年芳。）

只君同病肯相憐。（與君同病最相憐。）

曾遭減劫壞，今遇勝緣修。（曾隨減劫壞，今遇勝緣修。）

肘上柳生渾不管，眼前花發即欣然。（花發眼中猶足怪，柳
　生肘上亦須休。）

一寸巖前手自移。（小松未盈尺，心愛手自移。）

知有薔薇澗底花。（知有澗底花。）

相看握手總無語。（相看掩淚都無語。）

愁滿眼前心自知。（多病多愁心自知。）

此夜清光得幾多。（今夜清光此處多。）

憶似聞蟬第一聲。（新蟬第一聲。）

北澗欲通南澗水，南山正遶北山雲。（東澗水流西澗水，南

　　　山雲遠北山雲。）

　　誰令天作海門山。（坐見海門山。）

　　今日樽前千萬恨。（從此結成千萬恨。）

〔李商隱〕

　　荆公晚年喜稱義山，而無其綺靡，蔡寬夫詩話稱：「王荆公晚年亦喜稱義山詩，以爲唐人知學老杜而得其藩籬，惟義山一人而已。每誦其『雪嶺未歸天外使，松州猶駐殿前軍』。『永憶江湖歸白髮，欲回天地入扁舟。』與『池光不受月，暮氣欲沈山。』『江海三年客，乾坤百戰場』之類，雖老杜無以過也。義山詩合處信有過人；若其用事深僻，語工而意不及，自是其短。世人反以爲奇而效之，故崑體之弊，適重其失，義山本不至是云。」（詩人玉屑引）。冷齋夜話亦稱：「詩到李義山，謂之文章一厄，以其用事僻澀，時稱西崑體，然荆公晚年亦或喜之，而字字有根蒂。如作雪詩曰：『借問火城將策探，何如雲屋聽窗知』，又曰：『未愛京師傳谷口，但知鄉里勝壺頭』，其用事琢句，前輩無相犯者。」王詩仿之者如次：

　　水風蕭蕭不滿旗。（盡日靈風不滿旗。）

　　共盡白雲杯。（玉樓長御白雲杯。）

　　門前白道自縈回。（白道縈回入暮霞。）

　　謾得東來一紙書。（雙鯉迢迢一紙書。）

　　憶昨同追八馬蹄。（風逐周王八馬蹄。）

　　青條飛上別枝開。（等閑飛上別枝開。）

　　壺中若有閑天地。（壺中若是有天地。）

　　萬竅含風各自悲。（同向春風各自愁。）

　　一曲千回首。（一叫千回首。）

〔杜牧〕

　　王詩擷取小杜之作者甚多，茲臚列如後：

　　神歸髮彩涼。（蕭蕭髮彩涼。）

　　擾擾復翩翩。（擾擾復翩翩。）

　　就死得處所。（我死有處所。）

宮闕初晴氣象饒。（晴日登攀好，危樓物象饒。）

羽毛的的人難近。（君意如鴻高的的。）

簾垂咫尺斷經過。（嚴城清夜斷經過。）

更想杜郎詩在眼，一江春雪下離堆。（蜀江雪浪西江滿，強
　半春寒去卻來。）

騎士能吹出塞愁。（一笛聞吹出塞愁。）

此自醒醉與誰同。（一知醒醉與誰同。）

數株碧柳蒼苔地。（鑿破蒼苔地。）

數日空驚霹靂忙。（過如霹靂忙。）

後庭餘唱落船窗。（隔江猶唱後庭花。）

宜秋西望碧參差。（滿江秋浪碧參差。）

江漢一篇猶未美，周宣方事伐淮夷。（吉甫裁詩歌盛業，一
　篇江漢美宣王。）

風玉蕭蕭數畝秋。（風玉尚敲秋。）

更磨碑蘚認前朝。（自將磨蘚認前朝。）

秋風斜月釣舟歸。（夕陽長送釣舟歸。）

庭下早知閑木索。（北扉閑木索。）

慇懃將白髮，下馬照青溪。（弄溪終日到黃昏，照數秋來白
　髮根。）

水際柴門一半開。（紫門臨水開。）

詔獄當時跡自窮。（一笑懷王跡自窮。）

終日看山不厭山。（終日看山酒滿傾。）

憶似聞蟬第一聲。（蟬聞第一聲。）

羞見瑯瑯有邴丹。（師友瑯瑯邴曼容。）

一言立斷魏齊頭。（安知魏齊頭。）

簀中死屍能報讎。（見斷簀中屍。）

水村悲喜圻書看。（亂山何處圻書看。）

戚里人家承露囊。（承露絲囊世已無。）

鄉壘新恩借舊朱。（榮借舊朱衣。）

戴盆難與望天兼。（自戴望天盆。）

夜壇誰敢將風騷。（今代風騷將，誰登李杜壇。）

自緣身在最高層。（莫上最高層。）

可惜多少惜花人。（滿城多少惜花人。）

〔李白〕

介甫嘗云：「白詩多說婦人，識見污下。」（歲寒堂詩話），又云：「李白歌詩豪放飄逸，人固莫及，然其格止於此而已，不知變也。」（潯南詩話），故其所選杜、韓、歐、李四家詩選，其置李於末，而歐反在其上，或亦謂有抑揚也。冷齋夜話稱：「舒王以李太白、杜少陵、韓退之、歐永叔詩篇為四家詩集，而以歐公居太白上，世莫曉其意，舒王嘗曰：『太白詩語迅快，無疎脫處，然其識污下，詩十句九句言婦酒耳。歐公近代詩人，未有出其右者，但恨其不修三國志而修五代史耳，如歐公詩曰，行人仰頭飛鳥驚之句，亦有佳趣，第人不解耳。』」於太白雖頗貶損，然詩語亦有模襲者，諸如：

願回羲和借光景。（願借羲和景。）

還從柳上歸。（春風柳上歸。）

行人盡道還家樂。（錦城雖云樂，不如早還家。）

文章已禿兔千毫。（書禿千兔毫。）

已向美人衣上繡。（石竹繡羅衣。）

苑方秦地皆蕪沒。（苑方秦地少。）

鬱金香是蘭陵酒。（蘭陵美酒鬱金香。）

山雞照淥水。（水雞羞淥水。）

相看不忍發。（相看不忍別。）

小雨初晴好天氣。（初晴好天氣。）

遙知別後多新句。（遙知別後西樓上。）

繰成白雪三千丈。（白髮三千丈。）

春風自綠江南岸。（東風已綠瀛州草。）

散髮何時一釣舟。（散髮弄扁舟。）

一去天邊更不歸。（天涯去不歸。）

天台一萬八千丈。（天台四萬八千丈。）

其他剽竊諸家者，略如下述：

逝者日已遠。（古詩：我行日已遠。）

車馬喧喧走塵土。（古詩：喧喧車馬度。）

寄聲但有加餐飯。（古詩：努力加餐飯。）

欺凌春草有青袍。（古詩：青袍似春草。）

難料復難忘。（古詩：易知復難忘。）

莫嗔楊柳可藏鴉。（古樂府：楊柳可藏鴉。）

藜杖牧雞豚。（鮑明遠：倚仗牧雞豚。）

纔成霖雨便歸山。（曹子建：朝雲不歸山，霖雨成川澤。）

零落掩山丘。（曹子建：零落歸山丘。）

芊芊谷水陽，鬱鬱崑山陰。（陸機：彷彿谷水陽，婉婉崑山陰。）

京洛塵沙工點污。（陸機：京洛多風塵。）

披香未試衣。（庾信：披香殿裏作春衣。）

高蟬感耳何妨靜。（王籍：蟬噪林逾靜。）

想繞紅梁落暗塵。（薛道衡：空梁落燕泥。）

紛紛易盡百年身。（選詩：易盡百年身。）

子引金閨籍。（選詩：繆通金閨籍。）

煙雲萬里埋弓刀。（唐詩：大雪埋弓刀。）

樓依水月觀，門接海潮音。（唐詩：樓觀滄海日，門聽浙江潮。）

畫圖時展爲君叉。（唐詩：恐君渾忘卻，時展畫圖看。）

華年相背去堂堂。（唐詩：青春背我堂堂去。）

天上空多地上稀。（唐詩：枝上空多地上稠。）

河漢欹斜月墜空。（唐詩：河漢已欹斜。）

老去應無日再中。（唐詩：恩無日再中。）

月枝地上流雲影。（唐詩：雲影亂鋪地。）

城上啼鳥破寂寥。（唐詩：啼鳥破幽寂。）

萬里凄涼一笛風。（唐詩：落日樓台一笛風。）

春風何處不堪行。（唐詩：春來何處不堪行。）

晴日暖風生麥氣。（唐詩：暖風晴日閉門居。）

吹盡柳花人不見。（唐詩：落盡閒花不見人。）

至老相尋得幾回。（唐詩：殷勤竹林寺，能得幾回過。）

雨後餘花滿地存。（唐詩：閑花滿地落無聲。）

殷勤為折一枝歸。（唐詩：獨來偷折一枝歸。）

過嶺猿啼暖。（劉長卿：嶺暗猿啼月。）

寄書應見雁南征。（劉長卿：寄書須及雁南飛。）

三徑欲歸無舊業。（劉長卿：罷歸無舊業。）

離心猶與水東迴。（劉長卿：離心與流水，萬里共朝昏。）

重將白髮出人間。（劉長卿：豈能將白髮。）

種橘園林無舊業。（劉長卿：罷歸無舊業。）

霍霍反照中，散絲魚幾縷。（韋應物：昨別今已春，散絲魚幾縷。）

衣裳寒始輕。（韋應物：夏衣始輕體。）

馮夷只自知。（韋應物：多愁只自知。）

漳江昨夜月。（韋應物：嬋娟昨夜月。）

背人飛過子城東。（韋應物：每到子城東路上。）

宮樓唱罷雞人遠。（李賀：雞人唱罷曉瓏璁。）

日借嫩黃初著柳。（李賀：暗黃著柳宮漏遲。）

解道今秋似去秋。（李賀：今秋似去秋。）

帳殿流蘇卷。（李賀：桂帳流蘇暖。）

可惜昂藏一丈夫，生來不讀數行書。（李賀：每揖閒人多意氣，生來不讀半行書。）

仰視荒蹊但喬木。（柳宗元：荒村惟古木。）

誣構來嗼嗼。（柳宗元：騰口任嗼嗼。）

露鶴聲中江月白。（柳宗元：鶴鳴楚山靜，露白秋江曉。）

放歌扶杖出前林。（柳宗元：扶杖登西林。）

都人亦歎鼓簫悲。（王維：簫鼓悲何已。）

宿雨催紅出小桃。（王維：桃紅復含宿雨。）

暮雲樓閣有無中。（王維：山色有無中。）

衣冠萬國會。（王維：萬國衣冠拜紫宸。）

雨過百泉出。（孟郊：一雨白泉漲。）

平山斷壟回環失。（孟郊：回環失東西。）

春風日日吹香草。（孟郊：春風朝夕起，吹綠日日深。）

日月無根株。（張籍：上有白日無根株。）

晚潮初落見平沙。（張籍：潮落見平沙。）

如今身是西歸客。（張籍：如今身是他州客。）

若與鴟夷鬥百草。（劉夢得：若共吳王鬥百草。）

高位紛紛誰得志。（劉夢得：高位紛紛見陷人。）

四十車書昔謾知。（劉夢得：謾讀圖書四十車。）

數百年來王氣消。（溫庭筠：王氣消來水淼茫。）

楊花獨得東風意。（溫庭筠：今朝領得東風意。）

猶有齊梁舊時殿。（溫庭筠：猶有南朝舊碑在。）

攀翻臘欲寄情親。（孟浩然：折取寄情親。）

聞說雞鳴見日昇。（孟浩然：雞鳴見日出。）

前程好景解吟否。（鄭谷：前程吟此景。）

亂泉深水遠床鳴。（鄭谷：寒蛩一夜遠床鳴。）

卻想來時路。（姚合：自想歸時路。）

樹疎啼鳥遠。（宋之問：高樹陰疎鳥不留。）

大梁春費寶刀催。（宋之問：今年春色早，應爲剪刀催。）

水靜落花深。（張祐：空院落花深。）

坐想搖鞭楊柳路。（張祐：揮手搖鞭楊柳堤。）

松竹同時瀟洒心。（陸龜蒙：松竹合封瀟洒侯。）

黯黯長空一道斜。（陸龜蒙：飛起鸂鶒一道斜。）

春晨花上露。（王昌齡：朝飲花上露。）

滿簪華髮一床書。（王昌齡：雲山老對一床書。）

臨分更上樓。（張喬：欲別殷勤更上樓。）

潮汐自東西。（張喬：行客自東西。）

青煙漠漠雨紛紛。（盧綸：垂楊不動雨紛紛。）

白頭重到太寧宮。（令狐楚：白頭重到一淒然。）

欹枕狂歌擊唾壺。（令狐楚：閑齋夜擊唾壺歌。）

剪剪輕風陣陣寒。（韓偓：惻惻輕寒剪剪風。）

聞道并州九月寒。（韓偓：雨裏并州四月寒。）

日下崦嵫外。（裴廸：落日下崦嵫。）

悠悠隴頭水。（王建：一東一西隴頭水。）

豈即諸天守夜叉。（盧仝：夜叉守門晝不開。）

咫尺威顏不隔霄。（顧況：我欲升天天隔霄。）

涼入軒窗枕簟閑。（許渾：小院秋歸沈簟閑。）

長年多難惜分違。（皇甫冉：時難惜相違。）

爲憶去年梅。（元微之：胡邊新折去年梅。）

軋軋櫓聲急。（李涉：櫓聲軋軋搖不前。）

淨相前朝寺。（錢起：黃葉前朝寺。）

無心與時競。（張九齡：無心與物競。）

依然舊童子。（楊巨原：依然舊童子。）

陌頭車馬斷經過。（戴叔倫：陌頭車馬共營營。）

有似錢塘江上望。（昭度：長憶錢塘江上望。）

背人照影無窮柳。（皮日休：水邊韶景無窮柳。）

簾捲青山簟半空。（武元衡：簾捲青山巫峽曉。）

悠悠獨夢水西軒。（皎然：獨夢水悠悠。）

獨騎瘦馬衝殘雨。（趙嘏：獨自下樓騎瘦馬。）

夕陽歸去不逢僧。（崔峒：僧背夕陽歸。）

行穿溪樹踏春陽。（段成式：長安女兒踏春陽。）

北來光祿擅詩名。（嚴武：也知光祿最能詩。）

同時獻賦久無人。（李端：同時獻賦人皆盡。）

舊山常夢直叢叢。（姚鵠：舊山嘗夢到。）

烽火遙連太白高。（鮑容：西方太白高。）

剪水作梨花。（陸暢：剪水作花飛。）

今日幾荷開。（許敬宗：今日幾花開。）

總將春色付莓苔。（長孫左輔：卻將春色寄苔痕。）

帝城風月看常好。（王縉：帝城風月好。）

暮雲樓閣有無中。（韓琮：暮雲樓閣古今情。）

年年常向社前逢。（章孝標：今年故向社前歸。）

泊船深閉雨中門。（韋莊：雨打梨花深閉門。）

酒量寬滄海。（劉叉：酒腸寬似海。）

樊籠寄食老低摧。（歐陽修：樊籠毛羽日低催。）

煙雲藏古意，猿鶴弄秋聲。（米芾：雲山養秋意，松竹貢秋聲。）

介甫竄點古詩，有竟勝前作者，如唐劉威詩云：「遙知楊柳是門處，似隔芙蕖無路通」，意勝而語不勝，王介甫用其意而易其語曰：「漫漫芙蕖難覓路，蕭蕭楊柳獨知門」（段氏園亭）。（見談藝錄）又如陸龜蒙云：「殷勤與解丁香結，從放繁枝散誕香」，介甫改爲：「殷勤爲解丁香結，放出枝頭自在香」，作者不及述者。（誠齋詩話）亦有點金成鐵，化巧爲拙之死句，如南朝蘇子卿梅詩云：「袛言花是雪，不悟有香來」，介甫云：「遙知不是雪，爲有暗香來。」（梅花），述者不及作者（誠齋詩話）。王維書事詩：「輕陰閣小雨，深院晝慵開；坐看蒼苔色，欲上人衣來。」洪覺範天厨禁臠稱爲「含不盡之意，子由所謂不帶聲色者也。」介甫改爲：「山中十日雨，雨晴門始開；坐看蒼苔文，欲上人依來。」又如改李白之「白髮三千丈」爲「繰成白雪三千丈」（示俞秀老），改古詩之「鳥鳴山更幽」爲「一鳥不鳴山更幽」（鍾山即事），活著死矣，靈者笨矣。不論其成效何如，此實爲王詩一大病也。

第五節　以文爲詩

「以文爲詩，自昌黎始」（甌北詩話），韓詩類如「有韻之文」，安石早歲師韓，故其少作，重鍊意而輕修辭，往往刊落情景，流於議論。中年以後，「盡假唐人詩集，博觀而約取」，尤心儀杜甫，杜詩亦多發議論，葉燮「原詩」稱：「唐人詩有議論者，杜甫是也。」且「宋人議論多而成功少」（升庵詩話），時代風尚如此，王詩自不免受時風眾勢影響，故其言事品人，議論橫生，此吳之振所以譏其「獨是議論過多，亦是一病」，劉須溪所以評其「公詩律甚嚴，得意亦少，及其拙也，有書生詞賦之氣」之因也。

安石議論詩幾無處無之，於古詩中尤多，茲舉數例如下：

〈白鶴吟示覺海元公〉

白鶴聲可憐，紅鶴聲可惡；白鶴靜無匹，紅鶴喧無數；白鶴招不來，紅鶴揮不去；長松受穢死，乃以紅鶴故。北山道人曰：「美者自美，吾何爲而喜？惡者自惡，吾何爲而怒？

去自去耳，吾何闞而追？來自來耳，吾何妨而拒？吾豈厭喧而求靜？吾豈好丹而非素？汝謂松死吾無依邪？吾方捨陰而坐露。」

〈讀墨〉

誰為堯舜徒？孔子而已矣！人皆是堯舜，未必知孔子！伯夷不辱身，柳下援而止；孔子尚有言，我則異於是！兼愛為無父，排斥固其理，孔墨必相用，自古寧有此？退之嘲魯連，顧未知之耳，如何蔽於斯，獨有見於彼？凡人工自私，翟也信奇偉，惜乎不見正，遂與中庸詭。退之醇孟軻，而駁荀楊氏，至其趣舍間，亦有蔽於己。化而不自知，此語孰云俚，詠言以自警，吾詩非好詆。

〈幽谷引〉

雲翳翳兮谷之幽，天將雨我兮田者之稠，有繩于防兮有畚于溝，我公不出兮誰省吾憂？日暉暉兮山之下，歲則熟兮收者舞，吾收滿車兮棄者滿筥，誰吾與樂兮我公燕語。山有木兮谷有泉，公與客兮醉其間，芳可搴兮甘可漱，無壯無穉兮環公以笑。公歸而醉兮人則喜，公好我州兮殆其肯止？公歸不醉兮我之憂，豈其不憚兮將舍吾州？公一朝兮去我，我歲歲兮來遊，完公亭兮使勿毀，以慰吾兮歲歲之愁。

〈和吳冲卿鴉鳴樹石屏〉

寒林昏鴉相與還，下有跂石蒼屏顏，曾於古圖見髮鬒，已怪刀筆非人間。君家石屏誰為寫，古圖所傳無似者？鴉飛歷亂止且鳴。林葉慘慘風煙生，高齋日午坐中見，意似落日空山行。君詩雄盛付君手，云：「此非人乃天巧！」嗟哉渾沌死乾坤生，造作萬物醜妍巨細各有理，問此誰主何其精？恢其譎詭多可喜。人於其間乃復雕鑱刻畫出智力，欲與造化追相傾，拙者婆娑尚欲奮，工者固已窮夸矜。吾觀鬼神獨與人意異，雖有至巧無所爭，所以虢山間埋沒此寶千萬歲，不為見者驚。吾又以此知妙偉之作不在百世後，

造始乃與元氣并，畫工粉墨非不好，歲久剝爛空留名，能從太古到今日，獨此不朽由天成！世人尚奇輕貨力，山珍海怪採掇今欲索，此屏後出爲君得，胡賈欲著價不識，吾知金帛不足論，當與君詩兩相直。

第四章　特　點

第一節　翻案立異

　　荊公好與人異，放政治則有「熙寧」之變法，於文學則有「蹉對」與「翻案」之偏嗜。藝苑雌黃云：僧惠洪冷齋夜話載介甫詩云：「春殘葉密花枝少，睡起茶多酒盞疏。」「多」字當作「親」字，世俗轉寫之誤，洪之意，蓋欲以「少」對「密」，以「疏」對「親」。予作荊南教官與江朝宗偶論及此，江云：「惠洪多妄誕，殊不曉古人詩格。此一聯以「密」字對「疏」字，以「多」字對「少」字，正交股用之，所謂蹉對法也。」

　　翻案法即反用古人語意之謂，如詩人玉屑卷一所載「誠齋翻案法」曰：「孔子老子相見傾蓋，鄒陽云，傾蓋如故。孫侔與東坡不相識，以詩寄，東坡和云：『與君蓋亦不須傾。』劉寬為吏，以蒲為鞭，寬厚至矣，東坡云：『有鞭不使安用蒲。』杜詩云：『忽憶往時秋井塌，古人白骨生蒼苔，如何不飲令心哀！』東坡云：『何須更待秋井塌，見人白骨方銜盃！』」此皆翻案法也。

　　此法於韓文公已嘗用之，寒廳詩話曰：「韓昌黎詩，句句有來歷，而能務去陳言者，全在於反用。如醉贈張秘書詩，本用稽紹鶴立雞羣語，偏云『張籍學古淡，軒鶴避雞羣』。縣齋有懷詩，本用向平婚嫁

畢事，偏云『如今便可爾，何事畢婚嫁』。送文暢詩，本用老杜『每愁夜中自足蝎』句，偏云『照壁喜見蝎』。薦士詩，本用漢書『強弩之末，不能入魯縞』語，偏云『強箭射魯縞。』嶽廟詩，本用謝靈運『猿鳴誠知曙』句，偏云：『猿鳴鐘動不知曙』。此等不可枚舉，學詩者解得此秘，則臭腐化為神奇矣。」

安石深知此要，故能運用變化，曲盡其妙，陸游老學庵詩話曰：「荊公多用淵明語而意異，如『柴門雖設要常關』，『雲尚無心能出岫』，要字能字，皆非淵明本意也。」碧溪詩話亦云：「臨川『慷慨秋風起，悲歌不為鱸』，眉山『不須更說知幾早，直為鱸魚也自賢』，反復曲折，同歸一意。亦如『把酒祝公公莫拒，緇衣心為好賢傾』，『我欲折繻留此老，緇衣誰作好賢詩』，共用一事，而造語居然不同。」

唯其用事造語，能處處別出意見，不與人同，故無妨於使事。蔡寬夫詩話云：「荊公嘗云，詩家病使事太多，蓋皆取其與題合者，類之如此，乃是編事，雖工何益，若能自出己意，借事以相發明，情態畢出，則用事雖多，亦何所妨。故公詩如『董生只為公羊惑，肯信捐書一語真』，『桔橰俯仰何妨事，抱甕區區老此身』之類，皆意與本題不類，此真所謂使事也。」董生詩即七絕〈窺園〉：「杖策窺園日數巡，攀花弄草興常新，董生只被公羊惑，肯信捐書一語真。」此乃反「仲舒少治春秋，三年不窺園，其精如此」（漢書董仲舒傳）之意。此捐書絕學之旨，正與〈適意〉一詩相類：「一燈相伴十餘年，舊事陳言知幾編；到了不如無累後，困來顛倒枕書眠」。嚴復評此〈適意〉詩謂：「十年燈火漫成鄰，朽簡殘編說總陳；不知適意緣何事，為信捐書一語真。」桔橰詩據石林詩話謂：「舊中書南廳壁間有晏元獻詠上竿伎一詩云：『百尺竿頭裊裊身，足騰跟掛駭旁人；漢陰有叟君知否，抱甕區區亦未貧。』公與文潞公同過其處，潞公為低徊，公又題一絕云：「賜也能言未識真，誤將心許漢陰人；桔橰俯仰何妨事，抱甕區區老此身。」（賜也）二詩意絕異，誠如熊勿軒所云：「元獻之詩意，謂露巧不如守拙，荊公之詩謂經濟有術，固不必拘泥也。」王詩實反

用莊子天地篇,「子貢過漢陰見丈人抱甕汲井水而灌圃畦,用力多而見功寡,因勸以鑿木爲機以挈水,丈人以機械生於機心,故羞而不爲,子貢乃瞞然而慚,以謂若人爲全德之人,己乃風波之民。」等語意。

翻案詩中屢使求田事,據魏志陳登傳載,許汜不爲陳元龍所禮,嘗與劉備稱之,備曰:「君有國士之名,今天下大亂,帝主失所,望君憂國忘家,有救世之意,而君求田問舍,言無可采,是元龍所諱也,何緣當與君語?如小人欲臥百尺樓上,臥君於地,何但上下床之間邪!」翻此案者如:「求田此山下,終欲忭陳登」(五律:遊栖霞庵約平甫至因寄),「老圃聊須問,良田亦欲求」(五律:世事),,「憂國無時須問舍」(七律:次韻葉致遠),「如何憂國忘家日,尚有求田問舍心」(七律:和楊樂道韻六首之三),「求田問舍轉無成」(七律:和楊樂道韻六首之三),「求田問舍轉無成」(七律:寄吉甫),「君才有用方求祿,我志無成稍問田」(七律:次韻鄧子儀二首之二),「無能私願只求田」(七律:次韻酬宋玘六首之五),「求田問舍轉悠悠」(七律:寄平父),「求田應不忭陳登」(七絕:平甫如通州寄之),「無人語與劉玄德,問舍求田意最高」(七絕:讀蜀志),「更覺求田問舍遲」(七絕:默默)。

碧溪詩話以爲,安石力欲轉此一重公案,然安石志在養民,政在務農,安道苦節,不以躬耕爲恥,其求田問舍之意,正祖淵明耕稼力田之旨,元亮移居詩云:「衣食終須紀,力耕不吾欺」,丙辰歲八月中於下潠田舍穫云:「貧居依稼穡,戮力東林隈」,庚戌歲九月中於西田穫早稻云:「人生歸有道,衣食固其端」,結語謂:「但願常如此,躬耕非所歎」,正爲王詩之張本。

其他翻案詩俯拾即是,今拈出如次:

古體〈杏花〉云:「俯窺嬌饒杏,未覺身勝影」,乃謂花身不如水中花影,反言花影倒水中之佳。〈明妃曲〉其一:「意態由來畫不成,當時枉殺毛延壽」,敍元帝誅畫工之非,非僅爲畫工開脫,更寓真才難識之悲。其二:「漢恩自淺胡自深,人生樂在相知心」,蓋用屈原九

歌：「悲莫悲兮生別離，樂莫樂兮新相知」之意而翻新。〈過劉貢甫〉詩有「顏狀雖殊心不隔」之句，即取左傳子產曰：「人心不同如其面」之語而反用，謂貌異心同也。〈虔州江陰二妹〉云：「飄若越鳥比，心常在南枝」，即用選詩：「胡馬依北風，越鳥巢南枝」而反之也。

律詩〈草堂〉結謂：「疊穎何勞怨，東風汝自搖」，乃借孔稚圭〈北山移文〉中，假草堂之靈以譏齊周顒出仕之詞：「叢條瞋瞻，疊穎怒魄」，以謂山林之志，非可強同，用世之心，人異其趣。〈登寶公塔〉：「江月轉空為白晝」，即反王建白紵歌：「回晝為宵夜不寐」之句。〈讀眉山集次韻雪詩五首〉之五：「豈能舴艋真尋我」，係用王徽之（子猷）雪夜乘月訪戴逵，乃門而返之故事而反詰之。

絕句〈題黃司理園〉：「閏前空臘盡，渾未有花開」，異於杜詩「梅蕊臘前破，梅花年後多」。〈蒲夜〉：「地偏緣底綠，人老為誰紅」，殊乎劉夢得詩：「今日花前飲，甘心醉數杯；但愁花有語，不為老人開。」

七絕中如〈春郊〉：「但見山花流出水，那知不是武陵溪」，是沿杜牧詩「此花不逐溪流出，晉客無因入洞來」而意異。〈寄四姪旅二首〉：「春草已生無好句，阿連空復夢中來」，係襲謝靈運構詩不就，忽夢族弟惠連，即得「池塘生春草」一語，思如神助之事而倒言之。〈道傍大松人取為明〉云：「應嗟無地逃斤斧，豈願爭明爝火間」，與白傳詩：「尚可以斤斧，伐之為棟梁；殺身獲其所，為君構明堂」立意自別。

〈中牟〉詩：「此道門人多未悟，爾來千載判悠悠」，指佛肸為中牟宰，趙鞅攻范中行，伐中牟，佛肸畔，使人召孔子，子欲往，子路曰：「昔者由也聞諸夫子曰：『親於其身為不善者，君子不入也』，佛肸以中牟畔，子之往也如之何？」（論語陽貨篇），詩反子路之問，以明聖人道大，以救物為急。〈王章〉詩：「區區女子無高意，追念牛衣暖即休」，乃翻漢王章（仲卿）疾病困阨，無以自存，牛衣夜泣，卒貴為京兆，欲上封事，其妻止之曰：「人當知足，獨不念牛衣中涕泣時邪。」章曰：「非女子所知也」，終因奏封事，為王鳳所陷而棄市事（漢書王章傳）。

　　石林詩話云：「王介字中甫，衢州人，博學善譏謔，嘗舉制科不中，與荊公遊甚款，然未嘗降意少相下。熙寧初，荊公以翰林學士被召，前此屢召不起，至是始受命，介以詩寄云：『草廬三顧動春蟄，蕙帳一空生曉寒』，蓋有所諷。荊公得之大笑，它日作詩，有『丈夫出處非無意，猿鶴從來自不知』之句，蓋爲介發也。」安石此〈松間〉詩，非唯措詞超妙，殆若天成，與王介諷詩針鋒相對，蔚爲大觀，實亦係翻〈北山移文〉中「蕙帳空兮夜鵠怨，山人去兮曉猿驚」之語，與蘇軾「大隱本來無境界，北山猿鶴漫移文」之詩同意。

　　詠〈蘇秦〉詩：「已分將身死勢權，惡名磨滅幾何年；想君魂魄千秋後，卻悔初無二頃田。」即引秦爲從約長，并相六國，過洛陽時見昆弟妻嫂之言：「此一人之身，富貴則親戚畏懼之，貧賤則輕易之，況眾人乎？且使我有洛陽負郭田二頃，吾豈能佩六國相印乎！」（史記蘇秦傳）翻秦語而用之。

　　寒廳詩話載：「證山最喜王半山詠史絕句，以爲多用翻案法，深得玉溪生筆意。如范增詩云：『中原秦鹿待新羈，力戰紛紛此一時；有道弔民天即助，不知何用牧羊兒』，千古別具隻眼。」此翻范增說項梁立義帝事也。又其二云：「鄴人七十謾多奇，爲漢驅民了不知；誰合軍中稱亞父，直須推讓外黃兒。」亦翻項羽尊范增爲亞父之案。

　　詠〈謝安〉曰：「謝公才業自超群，誤長清談助世紛；秦晉區區等七國，可能王衍勝商君。」乃翻謝安「秦任商鞅，二世而亡，豈清談致患耶」之語，以謂王衍清談，亦未能勝商鞅之變法也。

　　〈烏江亭〉一詩，與杜牧詩立意相反，故南濠詩話評曰：「杜樊川題烏江項羽廟詩云：『勝敗兵家不可期，包羞忍恥是男身；江東子弟多豪俊，卷土重來未可知。』後王荊公詩云：『百戰疲勞壯士哀，中原一敗勢難迴，江東子弟今雖在，肯爲君王卷土來。』荊公反樊川之意，似爲正論，然終不若樊川之死中求活。」

　　〈宰嚭〉詩云：「謀臣本自繫安危，賤妾何能作禍基；但願君王誅宰嚭，不愁宮裏有西施。」則本舉直錯諸枉之義，力爲西施開脫。

〈登飛來峰〉詩：「飛來山上千尋塔，聞說雞鳴見日昇；不畏浮雲遮望眼，自緣自在最高層。」是反李白「盡道浮雲能蔽日」之意也。

其翻案詩固多別出心意，不落俗套之佳篇，亦間有刻意造作，弄巧成拙之劣勢，如〈鍾山即事〉一詩，「澗水無聲遶竹流，竹西花草弄春柔；茅簷相對坐終日，一鳥不鳴山更幽。」李壁注謂：「荊公嘗語山谷云，古稱鳥鳴山更幽，我謂不若不鳴山更幽，故今詩如此。」胡苕溪述其翻案之源曰：「李太白有云：『解道澄江淨如練，令人還憶謝玄暉。』黃山谷則曰：『憑誰說與謝玄暉，休道澄江淨如練。』王文海有云：『鳥鳴山更幽』，介甫則曰『一鳥不鳴山更幽』，皆反其意而用之，不欲沿襲耳。」

安石如此反用古語，其陋則如艇齋詩話所言：「南朝人詩云：『蟬噪林逾靜，鳥鳴山更幽。』荊公嘗集句云：『風定花猶落，鳥鳴山更幽。』說者謂上句靜中有動意，下句動中有靜意。此說亦巧矣。至荊公絕句云：『茅簷相對坐終日，一鳥不鳴山更幽。』卻覺無味。蓋鳥鳴即山不幽，鳥不鳴即山自幽矣，何必言更幽乎？此所以不如南朝之詩為工也。」蓋安石此詩已自深層義（鳥鳴山更幽），而落入淺層義（一鳥不鳴山更幽）矣。故藝苑卮言譏之曰：「王籍『鳥鳴山更幽』，雖遜古質，亦是雋語，第合上句蟬噪林逾靜讀之，遂不成章耳。又有可笑者，鳥鳴山更幽，本是反不鳴山幽之意，王介甫何緣復取其本意而反之？且一鳥不鳴山更幽，有何趣味？宋人可笑，大概如此。」

第二節　借古比今

文心雕龍事類篇有言：「事類者，蓋文章之外，據事以類義，援古以證今者也。」因知用事云者，陳古以諷今，引彼而證此之謂也，此於王詩為尤著。

王詩有借以自喻者，如古詩〈游土山示蔡天啓秘校〉中有憑弔謝傅句云：「紓懷起東山，勝踐此稠疊。於時國累卵，楚夏血常喋。外

實備艱梗，中仍費調燮。公能覺如夢，自喻一蝴蝶。桓溫適自斃，苻堅方天厭。且可緩九錫，寧當快一捷。彼哉斗筲人，得喪易矜怯。妄言屢齒折，吾欲刊史牒。傷心新城埭，歸意終難愜。漂搖五城舟，尙想浮河檻。千秋隴東月，長照西州堞。豈無華屋處，亦捉蒲葵箑。碎金諒可惜，零落隨秋葉。好事所傳玩，空殘法書帖。清談眇不嗣，陳迹怳如接。」末著「予衰極今歲，儻與雞夢協」之語，則前文憑弔謝公，皆以自況，故胡漢民詩云：「新城苦未愜歸心，桓氏何知有碎金；砧躪久留畏年少，五陵飛鞬得追尋。」因謂「詩詠謝太傅久留畏年少，收結數語，則荊公自道也。」〈鮑公水〉云：「漫郞昔少年，幽居得之此。臨窺若有遇，愛歎無時已。浮名未染汙，永矢終焉爾。」則借漫郞（元次山自號）以自謂也。

　　絕句〈和惠思聞蟬〉：「白下長干何可見，風塵愁殺庾蘭成」，係安石在京師懷金陵，因自比庾信之哀江南。〈發粟至石坡寺〉：「鷔水穿山近更賒，三更燃火飯僧家；乘田有秩難逃責，從事雖勤敢嘆嗟。」係於鄞縣發粟救民，借孔子嘗爲乘田事以自比。〈別灊皖二山〉：「鄉壘新恩借舊朱，欲辭灊皖更躊躇；攢峰列岫爭譏我，飽食頻年報禮虛。」即引北山移文：「列壑爭譏，攢峰竦誚」以爲言。是皆荊公于役外縣，勤勞從公，俯仰陳迹，感懷身世之作。〈韓子〉曰：「紛紛易盡百年身，舉世何人識道眞，力去陳言誇末俗，可憐無補費精神。」則借韓愈之文，自況平生之建白，紛紛流俗，未識載道之文，猶己之功業，隳於愚蚩之衆人也。

　　贈人詩多用同姓事，如古詩〈奉酬約之見招〉云：「君家段干木，爲義畏人侵」，即借史記「魏文候客段干木，過其閭，未嘗不軾」之故事，以比段約之。「況復能招我，親題漢上衿」，係用唐段成式與溫庭筠等唱和幷往來書，目之爲漢上題衿事以狀情昵之綢繆。〈游土山示蔡天啓秘校〉有「東陽故侯孫，少小同鼓篋」之句，乃因梁沈約嘗爲東陽太守，封建昌縣侯，故以之譬其妹婿沈道原。〈我所思寄黃吉甫〉言：「黃侯可與談妙理，視棄榮官猶弊屣。每採紫芝求石髓，我

欲從之勸游徒。穀城公孫能若此，五老聞之當啓齒」，即以穀城公孫稱黃吉甫。〈和仲庶出守譚〉詩：「吳公治河南，名出漢廷右」，孫假漢書賈誼傳：「文帝初立，聞河南守吳公治平爲天下第一」之事，而謂「高才有公孫，相望千載後」，藉相輝映也。

〈吳長文新得顏公壞碑〉：「延陵公子好事者，拓取持寄情相親」，則以延陵謂長文。〈送文學士倅邛州〉詩云：「文翁出治蜀，蜀士始文章。司馬唱成都，嗣立得王揚。犖犖漢守孫，千秋起相望。」乃因文學士與可，其先文翁，廬江人，爲蜀守，子孫因家焉，故以爲言。〈過劉貢甫〉詩：「能言奇字世已少，終欲追攀豈辭劇。枕中鴻寶舊所傳，飲我寧辭酒或索」，係據漢書劉向傳：「淮南有枕中鴻寶范秘書，更生父德，武帝時治淮南獄得其書，更生幼而讀誦以爲奇。」借以況焉。〈聖俞爲秋梁公孫作詩要予同作〉，先詠先世之功業曰：「虎豹不食子，鴟梟不乘雄。人惡甚鳥獸，吾能與成功。愛有以計留，去有勢不容。吾謀適合意，幾亦齒奸鋒。」再敍狄公孫國賓之不凡曰：「時恩淪九泉，褒取異代忠。堂堂社稷臣，近世孰如公。空使苗裔孫，稱揚得詩翁。一讀亦使我，慨然想餘風。」

律詩〈次韻吳沖卿聽讀詩義感事韻〉謂：「雅頌兼陳爲四始，笙歌合奏以三終」，末云：「延陵聽賞自爲聰」，則用季札觀樂事，而以延陵況沖卿。〈詳定幕次呈聖從樂道〉詩：「殿閣掄材覆等差，從臣今日擅文華。楊雄識字無人敵，何遜能詩有世家。舊德醉心如美酒，新篇清目勝眞茶。一觴一詠相從樂，傳說猶堪異日誇。」皆用楊何二姓事，以表何聖從（郟）楊樂道（畋）之才學。〈奉酬楊樂道〉詩：「邂逅聯裾殿閣春，卻愁容易即離群。相知不必因相識，所得如今過所聞。近代聲名出盧駱，前朝筆墨數淵雲。與公家世由來事，愧我初無百一分。」則暗使王勃，楊炯，明引王褒、楊雄，以言家世之早固。〈送何聖從龍圖〉謂「射策曾稱蜀郡雄，朝廷重得漢司空」，乃因漢書何武傳：「何武蜀郡郫縣人，武帝時爲大司空」，而聖從成都人，故用武事。

〈送李太保知儀州〉云：「北平上谷當時守，氣略人推李廣優。

還見子孫持漢節，欲臨關塞撫羌酋。雲邊鼓吹應先喜，日下旌旗更少留。五字亦君家世事，一吟何以稱來求。」藉李廣狀其武略，因李陵表其文事，文兼武眩，恰如其份。〈送張卿致仕〉云：「子房籌策漢時功，身退超然慕赤松。餘烈尚能開後世，高材今復繼前蹤。」則借子房之超然遠引，比張卿之掛冠而歸。

絕句〈過劉全美所居〉云：「數能過我論奇字，當復令公見異書」，係因劉歆子棻，嘗從雄學作奇字；王朗為會稽太守，曾得王充所作論衡，因以借喻，觀林詩話謂此乃用彼我兩姓事。〈祈澤寺見許堅題詩〉：「高人遺蹟空佳句，誰識旌陽後世孫」，是借許旌陽以比江南得道之許堅也。

挽詞中用同姓事者如〈吳正肅公挽詞三首〉其一云：「昔繼吳公治，今從子產游」，乃因吳育終河南守葬新鄭，故用漢河南守吳公以比其治平，借與子產同葬新鄭以狀其游從。〈處士葛君挽詞〉：「處人黃歇地，晉代葛洪家。獨擅山川秀，相承黻冕華」，即以春申君所都及葛洪廬里為喻。〈追傷河中使君修撰陸公三首〉其一：「文采機雲後，知名實妙年」，是用二陸以比陸經（子履）。其三：「遂失詞人空甫里，謾留悲鶴老華亭」，甫里謂陸龜蒙，華亭即陸士衡，皆引陸氏事相比。

其他非用同姓事之例尤繁，古詩中如〈純甫出僧惠崇畫要予作詩〉中：「金坡巨然山數堵，粉墨空多真漫與」，乃以吳僧巨然畫於金坡北壁之山水絕筆襯托惠崇，言惠崇之畫與巨然畫山皆有遠思，他人粉墨雖多，真漫與耳。〈贈陳君景初〉詩，則借華陀之神術，以喻景初之醫技曰：「吾嘗奇華陀，腸胃真割剖。神膏既傳之，頃刻活殘朽。昔聞今則信，絕技世常有。堂堂潁川士，窮脉極淵藪。珍丸起病瘠，鱠蟲隨泄嘔。攣足四五年，下針使之走。」

五律〈弔京兆杜嬰大醇〉其二：「叔度醫家子，君平卜肆翁。蕭條昨日事，髯髯古人風」。係藉牛醫子黃叔度表其醫術，賣卜翁嚴君平形其易理，以見其氣度之雍容豁達，蓋大醇「能讀書，其言近莊，其為人曠達而廉清：自託於醫，無貴賤。請之輒往」故也。

　　七律〈次韻平甫贈三靈程惟象〉曰：「久諳郭璞言多驗，老比顏含意更疎」。則假郭璞之神算以表三靈山人程惟象之占精，借顏含之無勞蓍龜以明己之守道安命。〈登大茅山頂〉詩：「人間已換嘉平帝，地下誰通勾曲天。陳迹是非今草莽，紛紛流俗尚師仙。」意謂是非陳迹，不辨自明，草莽流傳，尚不之語，以斥占驗災祥之荒誕不經，而信偽迷古之無當大道也。〈贈李士寧道人〉云：「季主逡巡居卜肆，彌明邂逅作詩翁。曾令宋賈歎車上，更使劉侯驚坐中。」係用楚司馬季主卜於長安東市，以「道高益安，勢高益危」之理開悟宋忠賈誼；及唐衡山道士軒轅彌明，以美文奇語慚駭侯喜，劉師服之往迹，用比士寧之「目不知書，善吟詩，不學陰陽，能推休咎」，故謂：「杳杳人傳多異事，冥冥誰識此高風。行歌過我非無謂，惟恨貧家酒盞空。」〈送江寧彭給事赴闕〉詩，則引陳寔方其德行曰：「道在君臣方自合，德侔卿長更誰慚」。又假召杜喻其惠愛云：「豈但搢紳稱召杜，故多扶杖祝彭聃。」

　　七絕〈耿天騭惠梨次韻奉酬三首〉其二：「張公大谷雖云美，誰肯苞苴出晉陽」，乃用潘岳閑居賦「張公大谷之梨」，選注：「洛陽北華山有張公夏梨甚甘，海內惟有一樹」之故事。〈示俞處士〉：「魯山眉宇人不見，只有歌辭來向東。借問樓前踏于蔿，何如雲臥唱松風」，借唐魯山令元德秀（紫芝）之歌乎于蔿，不爲瓌麗，狀俞處士之不慕名利，恬淡自如。〈讀漢書〉詩：「京房劉向各稱忠，詔獄當時跡自窮；畢竟論心異恭顯，不妨迷國略相同。」蓋京房，劉向各以言災異，爲弘恭，石顯所害，詩原房向之心而恕之，唯於漢儒五行之說，則深致其譏，故嚴復評之曰：「此意眞無人道過，蓋前人只說小人誤國，而「不知君子之可以迷邦也。」

　　〈送丁廓秀才歸汝陰二首〉其一：「好去翩然丁令威，昔人且在不應非；淮雲豈與遼天濶，想復留情故一歸。」即用續搜神記中白鶴之歌：「有鳥有鳥丁令威，去家千年今始歸，城郭猶故人民非，何不學仙冢纍纍。」〈送王介學士赴湖州〉云：「東吳太守美如何，柳惲詩才未足多；

遙想郡人迎下擔，白蘋洲渚正滄波。」係借「永嘉中，帝遷衣冠過江，
客主相迎湖側，遂以迎擔爲名」之故實，用以說太守；又取梁太守柳惲
之詩：「汀洲採白蘋，日晚江南春」，以明其詩才之高。〈送陳靖中舍歸
武陵〉：「知君欲上武陵溪，水自東流人自西；到日桃花應已謝，想君應
不爲花迷。」即用淵明桃源詩記中武陵漁人典故而形容之。

　　〈讀後漢書〉曰：「黨錮紛紛果是非，當時高士見精微；可憐竇
武陳蕃輩，欲與天爭漢鼎歸。」詩意實採杜牧之詩：「黨錮豈能留漢
鼎，清談空解識胡兒」，而深歎蕃武之忠。〈讀開成事〉曰：「姦罔紛
紛不爲明，有心天下共無成；空令執筆螭頭者，日記君臣口舌爭。」
即用唐文宗開成時事，以狀舉朝爭新法之紛紜不一。〈送陳景初〉詩
謂：「藥囊直入長安市，誰識柴車載伯休」，係指後漢韓康（伯休）賣
藥長安，柴車就道事，以況景初之人物不凡。

　　挽詞若〈晏元獻公挽詞三首〉其一：「文章晉康樂，經術漢公孫」，
直比之謝靈運，公孫弘耳。〈韓忠獻挽詞二首〉其二：「木稼曾聞達官
怕，山頹果見哲人委」，則借開元二十九年，寧王憲見京城雨木冰，
因興「樹稼達官怕」之嘆，終當之而薨之事，並檀弓「哲人其萎」之
言，以見熙寧八年正月雨木冰又華山崩，乃公薨之應。〈崇禧給事馬
兄挽詞二首〉其二：「藏室亡三篋，得之公最多」，係以漢張安世識三
篋亡書事，用比馬中甫之諳知朝章國典。〈陳動之秘丞挽詞二首〉，其
一：「年高漢賈誼，官過楚荀卿；望古君無憾，論今我未平。」乃因
陳君歿時年三十六，而賈生只三十三，荀卿仕楚官亦僅至蘭陵令，故
比之荀賈。〈贈尚書工部侍郎鄭公挽詞〉曰：「南去伏波推將略，北來
光祿擅詩名」，蓋因鄭文寶嘗經略西夏爲大帥，又善詩，可參二杜之
間，故況之伏波將軍馬援，及顏光祿延年爾。

　　〈王中甫學士挽詞〉云：「同學金陵最少年，奏書曾用牘三千」，
緣中甫仁宗時以制策登科，故詩用史記東方朔傳：「朔初入長安，至
公車上書，凡用三千奏牘」故事。〈王逢原挽詞〉謂「蔡琰能傳業，
侯芭爲起墳」，蓋因逢原無子，僅有女，又葬常州武進縣，故引蔡邕

及楊雄典故以表之。〈葛興祖挽詞〉言「孫寶暮年猶主簿」，乃以興祖窮於無所遇，卒於許州長社簿之故。〈王子直挽詞〉：「太史有書能敍事，子雲於世不徼名」，係因王向（子直）善屬文，長於敍事，故假司馬遷之善敍事理稱之，又借楊雄之「不汲汲於富貴，不戚戚於貧賤，不脩廉隅，以徼名當世」，以明其操守。〈追傷河中使君修撰陸公三首〉其二：「太史滯留終不偶，中郎制作遂無施」，則用太史公留滯周南，不得與從事，及蔡邕爲漢史，以被誅竟不就事，而致慨於陸經也。

第三節　化凡爲奇

　　漁南詩話載王仲至召試館中詩云：「古木森森白玉堂，長年來此試文章；日斜奏罷長楊賦，閒拂塵埃看畫牆。」荊公改爲「秦賦長楊罷」，云如此語乃健，是乃化凡爲奇矣。古詩〈夜夢與和甫別有作因寄純甫〉詩云：「老我孤主恩，結草以爲期」，沈括筆談以爲，言老我則語有情，上下句皆惜老之意，若作我老，與老我雖同，而語無情，詩意遂頹惰，此文章佳語，獨可心喻耳。又七律〈留題微之廨中清輝閣〉，有「山染衣巾翠欲流」之句，係倒用王建：「日暮數峰青似染，商人說是汝州山」之語，言山染衣巾尤妙。

　　詩家作詩，間有以俗語入詩，而流麗可喜，天衣無縫者，此之謂「點石化金」，西清詩話稱：「王君玉謂人曰：詩家不妨間用俗語，尤見工夫。雪止未消者，俗謂之待伴；嘗有雪詩：『待伴不禁鴛瓦冷，羞明常怯玉鉤斜。』『待伴』『羞明』皆俗語，而採拾入句，了無痕類，此點瓦礫爲黃金手也。余謂非特此爲然，東坡亦有之：『避謗詩尋醫，畏病酒入務。』又云：『風來震澤帆初飽，雨入松江水漸肥』，『尋醫』，『入務』，『風飽』，『水肥』，皆俗語也。又南人以飲酒爲軟飽，北人以晝寢爲黑甜；故東坡云：『三盃軟飽後，一枕黑甜餘。』此亦用俗語也」。

　　安石詩如〈至開元僧舍上方次韻舍弟〉云：『溪谷潝潝嫩水通，野田高下綠蒙茸。和風滿樹笙簧雜，霽雪兼山粉黛重。萬里有家歸尚

隔，一塵無地去何從。傷春正欲西南望，回首荒城已暮鐘。』多以俗字俗語入詩，而成句後則淡雅閒逸，意義深長。

五絕〈別方邵秘校〉：「迢迢建業水，中有武昌魚；別後應相憶，能忘數寄書。」乃用古樂府「呼兒烹鯉魚，中有尺素書」之意，故石洲詩話稱：「王荊公詩『迢迢建業水，中有武昌魚』，如此鍊用古語，可謂入妙。」七絕〈戲示蔣穎叔〉一首，據西清詩話載：「王文公元豐末居金陵，蔣大漕穎叔夜謁公於蔣山，騶從甚都，公取松下唱道語戲之：『扶衰南陌望長楸，燈火如星滿地流；但怪傳呼殺風景，豈知禪客夜相投。』此是殺風景之語，頗著於世。」殺風景云者，如郊外呵喝，月下燭籠之類是也，以此殺風景入詩，卻有風景。

用「虛」入詩，如漫叟詩話所記：「凡聚落相近，期某旦集，交易闃然，其名爲虛，柳云綠荷包飯趁虛入，臨川云花間人語趁朝虛，山谷荷葉裏鹽同趁虛」。用「嬲」入詩，如歷代詩話吳旦生所言：「戲擾不已曰嬲，音如裊。」荊公詩：「細浪嬲雪千娉婷。」（獨歸）「嬲汝以一句，西歸瘦如臘」。（與僧道昇二首）皆是。

第四節　束廣就狹

梅磵詩話載：「金陵半山寺，乃荊公舊宅。屋後有謝公墩，下臨深溝，上有古木。余嘗與漕幕諸公同遊。荊公舊有詩云：『我名公字偶相同，我屋公墩在眼中。公去我來墩屬我，不應墩姓尙隨公。』他人欲檃括此意，非累數十言不可，而公以二十八字盡之，眞得束廣就狹體」。可見王詩擅以數語含眾意，文約而意廣，言簡而事繁，是其所長，故苕溪漁隱引王直方詩話云：「陳無已言，山谷最愛介甫『扶輿度陽焰，窈窕一川花』，（五古：法雲）謂包含數個意。」

古詩如「藉草淚如洗」（與呂望之上東嶺），乃杜詩「憂來藉草坐，浩歌淚盈把」之意。〈陰山畫虎圖〉之「飛將自老南山邊，還能射虎隨少年」，即少陵「杜曲幸有桑麻田，欲將移住南山邊；短衣匹馬隨

李廣，看射猛虎終殘年。」〈與平甫同賦槐〉一詩：「冰雪泊楚岸，萬株同飄零。春風都城居，初見葉青青。歲行如車輪，蔭翳忽滿庭。秋子今在眼，何時動江舲。」如李注所云：「此詩八句而該四時，全不促迫而優遊有餘，其妙如此。」〈飛雁〉：「飛雁冥冥時下泊，稻粱雖少江湖樂；人生何必慕輕肥，辛苦將身到沙漠。漢時蘇武與張騫，萬里生還但偶然；丈夫許國當如此，男子辭親亦可憐。」短短八句，藹然善怨，語言至淺而韻味無窮，勝人千言百語矣。〈杭州修廣師法喜堂〉有：「始知進退各一理，造次未可分賢愚」，此是韓詩「人心未嘗同，不可一理驅；宜各從所好，未用相賢愚」之意。

七律〈除夜寄舍弟〉、「酒醒燈前猶是客，夢回江北已經年」，意同方干詩「紅燈短燼方燒蠟，畫角殘聲又報春；明日便為經歲客，昨朝猶是少年人。」然干語不免為繁矣。五絕〈題舫子〉中有「眠分黃犢草」之句，苕溪漁隱評曰：「盧綸山中絕句云：『陽坡草軟厚如織，因與鹿麛相伴眠』，介甫只用五字道盡此兩句，如云：『眠分黃犢草』，豈不簡而妙乎。」蓋安石造語之簡妙，實祖元亮桃源記言：「不知有漢，無論魏晉」，而深得其神髓者也。

第五節　以文為戲

安石以其宏博之才學，為趣味之詩文，有詩謎，人名，鳥名，藥名等類，此如滄浪所言，只成戲論，不足為法。詩謎於當時已甚流行，據漁隱叢話載，「夷堅志云，元祐間，士大夫好事者，取達官姓名為詩謎，如長空雪霽見虹蜺，行盡天涯遇帝畿；天子手中執玉簡，秀才不肯着麻衣，謂韓絳、馮京、王珪、曾布也。又取古人名而傅以今事，如人人皆戴子瞻帽，君實新來轉一官；門狀送還王介甫，潞公身上不曾寒，謂仲長統，司馬遷、謝安石、溫彥博也」。又載：「遯齋閑覽云，或傳一詩謎云，佳人佯醉索人扶，露出胸前白雪膚；走入繡幃尋不見，任他風雨滿江湖，乃賈島（假倒），李白（裏白），羅隱，潘閬（波浪）

四詩人名也。云是荊公所作。苕溪漁隱曰，世傳霞頭隱語，是半山老人作云，生在色界中，不染色界塵；一朝解纏縛，見性自分明」。

以古人名入詩，如五古〈老景〉一首曰：「老景春可惜，無花可留得；繞屋褚先生，蕭蕭何所直。每嫌柳渾青，追恨李太白；多謝安石榴，向人紅藥拆。」則藏戰國景春，漢宗正劉德，武帝時人褚先生，漢相蕭何，唐柳渾，唐李白（字太白），晉謝安（字安石），漢劉向等八人於每句中。五絕〈移松皆死〉曰：「李白今何在，桃紅已索然。君看赤松子，猶自不長年。」則含李白與赤松子二古人名。此體亦非始於安石，石林詩話云：「荊公詩有『老景春可惜，無花可留得。莫嫌柳渾青，終恨李太白』之句，以古人姓名藏句中，蓋以文為戲。或者謂前無此體，自公始見之；余讀權德輿集，其一篇云：『藩宣秉戎寄，衡石崇勢位。言紀信不留，弛張良自愧。樵蘇則為惬，瓜李斯可畏。不顧榮宦尊，每陳農畝利。家林類巖巘，負郭躬斂積。忌滿寵生嫌，養蒙恬勝利。疎鐘皓月曉，晚景丹霞異。澗谷永不變，山梁冀無累。論自王符肇，學得展禽志。從此直不疑，支離疎世事。』則權德輿已嘗為此體。乃知古今文章之變，殆無遺蘊。德輿在唐，不以詩名，然詞亦雅暢；此篇雖主意在別立體，然不失為佳製也」。

以鳥名入詩，即古詩〈送李屯田守杜陽二首〉：「倉黃離家問南北，中路思歸歸不得。風濤何處不驚人，雨雪前村更欺客。舊交旃旆此盤桓，見我即令兒解鞍。荒山樂官歌舞拙，提壺沽酒聊一歡。行藏欲話眉不展，互歡別離心繾綣。行年半百勞如此，南畝催耕未宜晚」。其中黃離，思歸，淘河子、鵁鶄、鷗鴿、山樂官、提壺、畫眉、伯勞、催耕，皆鳥名。

以藥名入詩，如古詩〈和微之藥名勸酒〉一首，即湊藥名為詩者，詩曰：「赤車使者錦帳郎，從容珂馬留閑坊。紫芝眉宇傾一坐，笑語但聞雞舌香。藥名勸酒詩實好，陟釐為我書數行。真珠的皪鳴槽牀，金罌琥珀正可嘗。史君子細看流光，莫惜覓醉衣淋浪。獨醒至死誠可傷。歡華易盡悲醉早，人間沒藥能醫老。寄言歌管眾少年，趁取烏頭未白前」。其中赤車使者、從容、珂、紫芝、雞舌香、陟釐、真珠、

金罌（金櫻）、琥珀、史君子（使君子）、獨醒、酸早（酸棗）、沒藥、管眾（貫眾）、烏頭、白前，皆藥名。〈既同羊王二君與同官會飲於城南因成一篇追寄〉詩：「赤車使者白頭翁，當歸入見天門東。與山久別悲忩忩，澤瀉半天河漢空。羊王不留行薄晚，酒肉從容追路遠。臨流黃昏席未卷，玉壺倒盡黃金盞。羅列當辭更繾綣，預知子不空青眼。嚴徐長卿誤推挽，老年揮翰天子苑。送車陸續隨子返，坐聽城雞腸宛轉。」其中赤車使者、白頭翁、當歸、忩（蔥）、澤瀉、半天河、王不留行、肉從容（肉蓗蓉）、流黃（硫黃）、黃金盞、列當、預知子、徐長卿、子苑（紫苑）、續隨子、雞腸（雞腸草），亦皆藥名。此體於古有之，李壁注曰：「自梁以來如簡文帝元帝，皆有藥名詩，庾肩吾、沈約，亦各有一百首。至唐張籍爲離合詩有云，江皐歲暮相逢地，黃葉生前半下枝；子夜吟詩問松桂，心中萬事喜君知。」

　　他如大德本卷四十有五言〈回文四首〉，其一：「碧蕪平野曠，黃菊晚村深，客倦留甘飲，身閑累苦吟」。其二：「夢長隨永漏，吟苦雜疏鐘；動蓋荷風勁，沾裳菊露濃。」其三：「迸月川魚躍，開雲嶺鳥翻；徑斜芳草惡，臺廢冶花繁。」其四：「泊雁鳴深渚，收霞落晚川；柝隨風斂陣，樓映月低弦。漠漠汀帆轉，幽幽岸火燃；壑危通細路，溝曲繞平田」。卷四十三絕句〈懷金陵三首〉其一：「覆舟山下龍光寺，玄武湖畔五龍堂；想見舊時遊歷處，煙雲渺渺水茫茫」。其二：「煙雲渺渺水茫茫，繚繞蕪城一帶長；蒿目黃塵憂世事，追思陳迹故難忘。」其三：「追思陳迹故難忘，翠木蒼藤水一方；聞說精廬今更好，好隨殘汴理歸艎。」每首之間以一句蟬聯，上遞下接，類如轆轤格也。

第六節　好用同字

　　〈張明甫至宿明日遂行〉詩云：「初登張公門，公子始冠幘，於今見公子，與我皆鬢白。山林坐笑語，宛然在公側；豈惟貌如之，侃侃有公德。憶公營瀨鄉，許我歸作客；我歸公既逝，惆悵難再得！得

子如得公，交懷我欣戚。」劉須溪評曰：「每語出一公字，懇款至盡自不為厭。」〈邀望之過我廬〉詩前半：「念子且行矣，邀子過我廬。汲我山下泉，煮我園中蔬；知子有仁心，不忍釣我魚；我池在仁境，不與獱獺居。」每句必有「我」「子」字。〈法雲〉詩後半：「一川花好泉亦好，初晴漲綠濃於草；汲泉養之花不老，花底幽人自衰槁。」疊用「花」字。〈兩山間〉：「自予營北渚，數至兩山間。臨路愛山好，出山愁路難。山花如水淨，山鳥與雲閒。我欲拋山去，山仍勸我還。祇應身後塚，便是眼中山。且復依山住，歸鞍未可攀！」雖連用「山」字而甚達。〈眞人〉詩：「予嘗值眞人，能藏毒而靈，能納穢若淨；能易繪使馨；能解身赫赫，能逆知冥冥」，連用五「能」字起首。

〈遊土山示蔡天啓秘校〉曰：「或昏眼委翳，或妄走超躓，或叫號而寱，或哭泣而魘。」〈再用前韻寄蔡天啓〉曰：「或自逸而走，或呿而不噷，或嗤元郎漫，或訛白翁囁。」〈用前韻戲贈葉致遠直講〉曰：「或撞關以攻，或觑眼而壓，或贏行同擊，或猛出追躡；垂成忽破壞，中斷俄連接；或外示閒暇，伐事先和燮；或冒突超越，鼓行令震疊；或粗見形勢，驅除令遠蹀；或開拓疆境，欲并包總攝；或僅殘尺寸，如黑子著靨；或橫潰解散，如尸僵血喋；或慚如告七，或喜如獻捷。」均冠以「或」。同詩又有：「碁經看在手，碁訣傳滿篋，坐看棋勢打，側寫碁圖貼」，均含「棋」字。

〈白鶴吟示覺海元公〉詩：「白鶴聲可憐，紅鶴聲可惡；白鶴靜無匹，紅鶴喧無數；白鶴招不來，紅鶴揮不去；長松受穢死，乃以紅鶴故。」則以「白鶴」「紅鶴」相間入詩。〈與僧道昇第二首〉：「跋陀羅師能幻物，幻穢為淨持幻佛。佛幻諸天以戲之，幢幢香果助設施。茫然悔欲除所幻，還為幻佛力所持！佛天與汝本無間，汝今何恭昔何慢？十方三世本來空，受記豈非遭佛幻！」多入「幻」字。〈題半山寺壁〉詩：「我行天即雨，我止雨還住。雨豈為我行？邂逅與相遇。」並用「我」「雨」字。〈即事二首〉之一：「雲從無心來，還向無心去。無心無處尋，莫覓無心處？」嵌入「無心」字。〈擬寒山拾得〉詩有

「坐也坐不定，走也跳不過，鋸也解不斷，鎚也打不破」，連用四「也」字，又有「利瞋汝刀山，濁愛汝灰河，汝癡分別心，即汝琰魔羅。」及〈車載板〉之二後半：「尙自不見我，安知汝爲異？憐汝好毛羽，言音亦清麗；胡爲太多知，不默而見忌？楚人既憎汝，彈身將汝利；且長隨我遊，吾不汝羹葅。」均含「汝」字。

〈夢〉詩：「知世如夢無所求，無所求心普空寂。還似夢中隨夢境，成就河沙夢功德」，即含四「夢」字。〈同沈道原遊八功德水〉上半：「寒雲靜如癡，寒日慘如戚，解鞍寒山中，共坐寒水側」，均入「寒」字。〈謝公墩〉：「想此絓長檣，想此倚短轅，想此玩雲月」，「想此」凡三見。〈即事六首〉之一上半：「我起影亦起，我留影逡巡；我意不在影，影長隨我身。」〈思王逢原〉：「我善孰相我？孰知我玼疵？我思誰能謀？我語聽者誰？」均含「我」字。〈颶扇〉詩上半：「精良止如留，疏惡去如擯；如擯非爾憎，如留豈吾吝」，均入「如」字。〈張氏靜居院〉：「問侯年幾何？矯矯八十餘。問侯何能爾？心不藏憂愉。問侯客何爲？弦歌飲投壺。問侯兒何讀？夏商及唐虞。」接連四「問」。

以上均爲用於古詩中之同字，用於七絕中者如：〈定林所居〉云：「屋繞灣溪竹繞山，溪山卻在白雲間；臨溪放杖依山坐，溪鳥山花共我閑。」每句中均含溪、山字。〈天童山溪上〉云：「溪水清漣樹老蒼，行穿溪樹踏春陽；溪深樹密無人處，唯有幽花度水香。」溪、樹字各三見而不嫌其重複。〈遊鐘山〉詩曰：「終日看山不厭山，買山終待老山間；山花落盡山長在，山水空流山自閑。」每句用二山字，尤爲奇格。

第七節　愛用疊字

疊字之用，夐乎遠矣，詩經中疊字疊句極多，如周南葛覃之「維葉萋萋………其鳴喈喈。」「維葉莫莫。」卷耳之「采采卷耳」。螽斯之「螽斯羽，詵詵兮，宜爾子孫，振振兮。螽斯羽，薨薨兮，宜爾子

孫，繩繩兮。螽斯羽，揖揖兮，宜爾子孫，蟄蟄兮。」桃夭之「桃之夭夭，灼灼其華。」「桃之夭夭，其葉蓁蓁。」兔罝之「肅肅兔罝，椓之丁丁，赳赳武夫，公侯干城。」芣苢之「采采芣苢」。漢廣之「翹翹錯薪」。麟之趾之「振振公子」。召南采蘩之「被之僮僮，夙夜在宮；被之祁祁，薄言還歸。」草蟲之「喓喓草蟲，趯趯阜螽；未見君子，憂心忡忡」。殷其雷之「振振君子」。小星之「肅肅宵征」。野有死麕之「舒而脫脫兮」。此蓋因詩本樂章，歌辭之體，當抑揚反覆以盡其詠歎之情。古今用疊字者多矣，如竹坡詩話所云：『詩中用雙疊字易得句！如『水田飛白鷺，夏木囀黃鸝』，此李嘉祐詩也。王摩詰乃云：『漠漠水田飛白鷺，陰陰夏木囀黃鸝』。摩詰四字，下得最爲穩切。若杜少陵『風吹客衣日杲杲，樹攪離思花冥冥』，『無邊落木蕭蕭下，不盡長江滾滾來』。則又妙不可言矣。」

其用固繁，其道實難，故日知錄稱：「詩用疊字最難，衞詩：『河水洋洋，北流活活！施罛濊濊？鱣鮪發發！葭菼揭揭！庶姜孽孽！』連用六疊字，可謂複而不厭。賾而不亂矣。古詩：『青青河畔草，鬱鬱園中柳，盈盈樓上女，皎皎當窗牖，娥娥紅粉粧，纖纖出素手。』連用六疊字，亦極自然。下此則無人可繼。」

安石好用疊字，如艇齋詩話所述：「東萊不喜荆公詩，云：汪信民嘗言荆公詩，失之軟弱，每一詩中，必有依依嫋嫋等字。予以東萊之言，考之荆公詩，每篇必用連緜字，信民之言不繆；然其精切藻麗，亦不可掩也」。石林詩話亦謂：「詩下雙字極難，須使七言五言之間，除去五字三字外，精神興緻全見於兩言，方爲工妙。近世王荆公新霜蒲漵綿綿白，薄晚林巒往往青，與蘇子瞻浥浥爐香初泛夜，離離花影欲搖春，皆可以追配前作也。」

王詩疊字下於句首最多，句中次之，句尾則較少，不對仗者以古體爲多，對仗者則以律詩爲最，非唯慣用於五律句首，且多見於七律及他體中。所用疊字以「紛紛」爲最多，在全部王詩中計達七十處，其次爲「悠悠」，「往往」，「漠漠」，「區區」，「蕭蕭」，「冥冥」等，均

用達二十多次，再次爲「擾擾」、「青青」、「漫漫」、「寥寥」等，均用在十次以上，「忽忽」，「翛翛」等詞亦爲常見，此外又有雙疊之詞。茲依雙字用於句首，句中、句尾之異，分爲對仗與不對仗兩類，錄王詩全部疊字於后：

〔對仗〕

一、用於句首者

古　詩

蕭蕭碧柳輭，脉脉紅蕖靚。（示寶覺）

種種生住滅，念念聞思修。（無動）

嚴嚴中天閣，藹藹層雲樹。（寄曾子固之一）

昏昏白日臥，皎皎終夜愁。（即事三首之二）

渺渺江與潭，茫茫山與陂。（思王逢原）

磷磷山下石，泠泠手中弦。（結屋山澗曲）

寥寥日避席，烈烈風欺幔。（送喬執中秀才歸高郵）

嗷嗷身百憂，泯泯眾一息。（同冒叔賦雁奴）

采采霜露下，披披煙雨中。（和聖俞農具詩：襏襫）

逢逢戲場聲，壤壤戰時伍。（和聖俞農具詩：耘鼓）

明明千里羞，促促一日歡。（答陳正叔）

纍纍地上土，往往平生友。（客至當飲酒之二）

披披發鞬囊，懍懍見戈銳。（寄曾子固）

莓莓郊原青，漠漠風雨黑。（別馬祕丞）

漫漫浸北斗，浩浩浮南極。（垂虹亭）

芊芊谷水陽，鬱鬱崑山陰。（陸機宅）

亭亭孤艷帶寒日，漠漠遠香隨野風。（獨山梅花）

濺濺溪谷水亂流，漠漠郊原草爭出。（和中甫兄春日有感）

淙淙萬音落石顛，皎皎一派當簷前。（僧德殊家水匳求予詠）

五　律

翳翳陂路靜，交交園屋深。（半山春晚即事）

栩栩幽人夢，天天老者居。（獨飲）

蕭蕭新犢臥，冉冉暮鴉翻。(光宅寺)

漠漠驚沙密，紛紛斷柳高。(秋風)

渺渺隨行旅，紛紛換歲陰。(次韻唐公三首其一：東陽道中)

擾擾今非昔，漫漫夜復晨。(冬日)

渺渺林間路，蕭蕭物外僧。(遊栖霞庵約平甫至因寄)

冉冉春行暮，菲菲物競華。(春日)

剡剡風生晚，娟娟月上初。(晚興和沖卿學士)

冉冉欲何補，紛紛爲此勞。(江南)

默默不自得，紛紛何所爲。(招丁元珍)

漠漠汀帆轉，幽幽岸火燃。(回文四首之四)

七　律

漫漫芙蕖難覓路，修修楊柳獨知明。(段氏園亭)

紛紛易變浮雲白，落落誰鍾老柏青。(招呂望之使君)

修修知褐方圍火，冉冉青煙已被宸。(示江公佐外廚遺火)

一一照肌寧有種，紛紛迷眼爲誰花。(讀眉山集次韻雪詩之四)

紛紛瑞氣隨雲漢，漠漠榮光上日旗。(駕自啓聖還內)

匆匆殿下催分首，擾擾宮中聽賣花。(和楊樂道韻之六)

紛紛自向江城落，杳杳難隨驛使來。(次韻次道憶太平州宅早梅)

草草杯盤供笑語，昏昏燈火話平生。(示長安君)

欸欸故情初未愁，飄飄新句總堪傳。(次韻酬陸彥回)

汲汲追攀常恨晚，紛紛吹洗忽成空。(四月果)

紛紛暝鳥驚還合，渺渺涼蟬咽欲休。(牆西樹)

事事只隨波浪去，年年空得鬢毛新。(次韻鄧子儀二首之一)

慘慘野雲生隴底，蕭蕭飢馬立風前。(過山即事)

鮮鮮細菊霜前蕊，漠漠疎桐日下陰。(酬裴如晦)

渺渺水波低赤岸，濛濛雲氣淡扶桑。(寄友人三首之三)

濕濕嶺雲生竹箘，冥冥江雨熟楊梅。(寄袁州曹伯玉使君)

漠漠岑雲相上下，翩翩沙鳥自浮沈。(長干寺)

搖搖北下隨帆影，踽踽東來想足音。(平甫游金山同大覺見寄
　相見後次韻二首之一)

蕭蕭暮吹驚紅葉，慘慘寒雲壓舊樓。(和金陵懷古)

杳杳人傳多異事，冥冥誰識此高風。(贈李士寧道人)

潺潺嫩水生幽谷，漠漠輕煙動遠林。(次韻春日即事)

五 絕

軋軋櫓聲急，蒼蒼江日低。(泊姚江)

七 絕

種種春風吹不長，星星明月照還稀。(嘲白髮)

蕭蕭疎雨吹簷角，喧喧暝蛩啼草根。(試院五絕之五)

蕭蕭出屋千竿玉，靄靄當窗一炷雲。(金陵報恩大師西堂方丈
二首之二)

處處定知秋後別，年年常向社前逢。(燕)

藹藹春風入水村，森森喬木映朱門。(祈澤寺見許堅題詩)

二、用於句中者

古 詩

青遙遙兮纏屬，綠宛宛兮橫逗。(寄蔡氏女子)

打賊賊恐怖，看客客歡喜。(擬寒山拾得之十六)

問樵樵不知，問牧牧不言。(謝公墩)

偶攀黃黃柳，卻望青青巘。(上南崗)

仰慚冥冥士，俯愧擾擾甿。(少狂喜文章)

宿霧紛紛度城闕，朔氣凜凜吹衣裳。(和王勝之雪霽借馬入省)

瀉碧沄沄橫帶郭，浮蒼靄靄遙連閣。(到郡與同官飲)

五 律

春草淒淒綠，江楓湛湛青。(送吳叔開南征)

七 律

新霜浦溆綿綿白，薄晚林巒往往青。(雨花臺)

夜光往往多聯璧，小白紛紛每散花。(讀眉山集次韻雪詩之二)

鈞天忽忽青都夢，方丈寥寥弱水風。(酬和父祥源觀醮罷見寄)

嬌雲漠漠護層軒，嫩水濺濺不見源。(崇政殿詳定幕次偶題)

北山漠漠雲垂地，南埭悠悠水映人。(次韻登微之高齋有感)

素書款款誰憐杜，彩筆道道獨勝江。(次韻酬宋中散二首之二)

平皋望望欲何向，薄宦嗟嗟空此行。(舟還江南阻有風有懷伯兄)

塵沙漠漠洞雙鬢，簫鼓忽忽把一杯。（呈柳子玉同年）

車馬喧喧走塵土，園林處處鎖芳菲。（次韻再遊城西李園）

高位紛紛誰得志，窮塗往往始能文。（次韻子履遠寄之作）

魴魚鱍鱍歸城市，秔稻紛紛載酒船。（安豐張令修芍陂）

猿猱歷歷窺香火，日月紛紛付劫灰。（寄國清處謙）

暮天窈窈山銜日，爽氣駸駸客御風。（垂虹亭）

功名落落難求值，日月沄沄去不回。（次韻答陳正叔二首之一）

山林渺渺長回首，兒女紛紛忽滿前。（送王覃）

旅病惛惛如困酒，鄉愁脉脉似連環。（姑胥郭）

憂傷遇事紛紛出，疾病乘虛疊疊侵。（初去臨川）

大斗時時能劇飲，輕裘往往只清談。（送江寧彭給事赴闕）

山川凜凜平生氣，草木蕭蕭數尺墳。（葛興祖挽詞）

五　絕

溝港重重柳，山坡處處梅。（溝港）

簷日陰陰轉，牀風細細吹。（午睡）

岸迥重重柳，川低渺渺河。（晚歸）

池散田田碧，臺敷灼灼紅。（送呂望之）

七　絕

含風鴨綠粼粼起，弄日鵝黃嫋嫋垂。（南浦）

金鈿一一花總老，翠被重重山更寒。（過法雲寺）

水南水北重重柳，山後山前處處梅。（庚申游齊安院）

小雨蕭蕭潤水亭，花風颭颭破浮萍。（雜詠六首之五）

浮煙漠漠細沙平，飛雨濺濺嫩水生。（別皖口）

臨津艷艷花千樹，夾徑斜斜柳數行。（臨津）

細思擾擾夢中事，何用悠悠身後名。（春日即事）

三、用於句尾者

古　詩

谷廣水渙渙，山長雲泄泄。（四皓）

能解身赫赫，能逆知冥冥。（真人）

微吟靜愔愔，堅坐高帖帖。（用前韻戲贈葉致遠直講）

岸涼竹娟娟，水淨菱帖帖。（自喻）

窮觀何拳拳，靜念復凜凜。（酬王伯虎）

朝耕草茫茫，暮耕水潚潚。（和聖俞農具詩：耕牛）

精神去矗矗，氣象來漸漸。（和平甫舟中望九華山之一）

得石坐兀兀，逢泉飲厭厭。（和平甫舟中望九華山之二）

子行何舒舒，吾望已汲汲。（得曾子固書因寄）

循除靜投悲瑟瑟，映瓦微見清潺潺。（酬王濬賢良泉詩）

古心以此分冥冥，俚耳至今徒擾擾。（寄題郢州白雪樓）

朝雲噓巖日暖暖，夜水落澗風泠泠。（寄題眾樂亭）

七　律

紫磨月輪升靄靄，帝青雲幕卷寥寥。（回橈）

山鳥自鳴泥滑滑，行人相對馬蕭蕭。（送項判官）

寒莢著天榆歷歷，淨華浮海桂團團。（嶺雲）

壯節易摧行踽踽，華年相背去堂堂。（和東廳韓子華侍郎齋居
　晚興）

藻井仰窺塵漠漠，青燈對宿夜沈沈。（次韻張子野竹林寺之二）

流俗尚疑身察察，交游方笑黨頻頻。（次韻吳季野再見寄）

新蕊謾知紅蔌蔌，舊山常夢直叢叢。（季春上旬苑中即事）

獵較趣時終瑣瑣，畫堨營職信悠悠。（次楊樂道述懷）

花影隙中看裊裊，車音牆外聽轔轔。（酬吳仲庶小園之句）

趨府折腰嗟踽踽，聽泉分手惜忽忽。（奉寄子思以代別）

城似大隈來宛宛，溪如清漢落潺潺。（為裴使君賦擬峴臺）

天子坐籌星兩兩，將軍歸佩印累累。（次韻王禹玉平戎慶捷）

院落日長人寂寂，池塘風慢鳥翩翩。（清明輦下懷金陵）

鱗鬣掀紅旗杳杳，虬髯吒黑纛鬖鬖。（送江寧彭給事赴闕）

委佩去辭廷殖殖，楊舲來得府潭潭。（送江寧彭給事赴闕）

五　絕

北山雲漠漠，南澗水悠悠。（再題南澗樓）

七　絕

木末北山煙舟舟，草根南澗水泠泠。（木末）

〔不對仗〕

一、用於句首者

五 古

往往心不厭。往往死鞭柤。往往老妻息。往往吹瓊玖。
往往在丘壑。往往茭蒲青。往往並金話。往往湯火間。
往往棄煙鬱。往往奪其時。往往化爲石。冥冥一川綠。
冥冥菰蒲中。冥冥蔽中庭。冥冥取南北。冥冥鴻雁飛。
冥冥誰與論。紛紛舊可厭。紛紛誰與守。紛紛百空憂。
紛紛輕用身。紛紛水中游。區區欲救弊。區區三世家。
區區一不勝。區區誇一方。區區挫兼并。蕭蕭何所值。
蕭蕭東堂竹。蕭蕭東南縣。蕭蕭暗塵定。蕭蕭山水秋。
翛翛仙李株。翛翛兩龍骨。翛翛阿蘭若。翛翛一囊衣。
忽忽跨九州。忽忽日北至。忽忽遠枝空。忽忽返照間。
寥寥朱絲絃。寥寥鄒魯後。寥寥西城居。寥寥湖上亭。
援援受輪迴。擾擾一場獸。擾擾經世意。飄飄凌雲意。
飄飄何時至。飄飄樂毅去。時時羹藜藋。時時驚我眠。
時時對奕石。迢迢掩靄中。迢迢陌頭青。迢迢藉花底。
堂堂大丈夫。堂堂潁川士。堂堂社稷臣。青青西門槐。
青青折釵服。青青石上柏。浩浩山風吹。浩浩誰能量。
浩浩無春愁。種種妄思量。種種沒根栽。壤壤生死夢。
壤壤外逐物。蚩蚩盡鉏商。蚩蚩彼少子。采采霜露間。
采采黃金花。蒼蒼柏與商。蒼蒼圍寂寥。惻惻感我情。
惻惻我心勞。婉婉吾所愛。婉婉婦且少。冉冉木葉下。
冉冉水中蒲。稍稍延諸生。稍稍受咋嚙。詵詵古之人。
蕾蕾俗所共。察察與世違。懍懍常慚疢。坦坦得所循。
搖搖西南心。呦呦林間鹿。矯矯八十餘。茫茫千載間。
生生未云已。行行願無留。年年賽雞豚。泠泠落山嘴。
昧昧我思之。鰥鰥藻與蒲。招招莫能致。呦呦非勝處。
斬斬洙泗間。日日思北山。暉暉若長庚。揚揚古之人。
去去黎嶺高。慘慘吹馳裘。滔滔聲利間。眇眇萬古曆。

漠漠大梁下。㷀㷀一兄嫠。物物各自我。辥辥兩城峙。
棲棲孔子者。蘦蘦桑柘墟。團團城上日。人人乘馬馳。
霍霍反照中。栗栗澗谷風。娟娟空山月。粲粲空外好。
英英陸忠州。燁燁歸王班。瞳瞳扶桑日。戔戔中天閣。
津津河北流。悠悠各有願。忽忽捨我去。泛泛水中木。
坎坎寒更發。沄沄曲江水。轣轣聞車聲。

七　古

家家新堤廣能築。家家養子學耕織。紛紛塞路堪追惜。
紛紛作者始可羞。茫茫彭蠡春無地。茫茫孤行西萬里。
時時對客輒自捫。時時憑高一悵望。幢幢香果助設施。
燭燭夏秋百源乾。擾擾空令絳灌疑。桓桓晉公忠且壯。
州州人物不相似。處處蟬聲令客愁。攘攘盜賊森戈矛。
常堂魯公勇且仁。棲棲孔孟葬魯鄒。激激流水兩山間。
施施眾蝨當此時。忽忽點汙亦何忍。喧喧人語已成市。
年年借問去何時。英英白雲浮在天。

五　律

悠悠隴頭水。悠悠越溪水。悠悠國西路。悠悠京口外。
往往夢華胥。杳杳青松壁。忽忽余年往。茫茫不自知。
紛紛小兒女。忽忽照顏色。漠漠春風裏。茸茸綠未齊。
昏昏老南北。莽莽昔登臨。行行過舅居。好好著春衣。
滔滔興不忘。蓬蓬獨遲明。卷卷總帷輕。

七　律

紛紛剪紙眞虛負。紛紛生物更相吹。紛紛人物敵京華。
紛紛流俗尚師仙。悠悠羈旅士多窮。悠悠興廢皆如此。
悠悠飢馬傍沙塵。漠漠秋陰護菝垣。漠漠昏煙玩日高。
區區隨傳換冬春。區區豈盡高賢意。凜凜清風晚見褒。
凜凜胸懷且自韜。去去料君歸不久。去去便看歸奏事。
蘦蘦祥雲輦路清。渺渺金河漲欲平。轆轆飛甍在兩間。
年年爲爾惜流芳。滔滔浮俗倦登臨。家家還願獻春醪。
森森直榦百餘尋。物物此時皆可賦。看看知復幾春秋。
慘慘秋陰綠樹昏。宛宛虹霓墜半空。默默俄歸舊釣舟。

往往黃金出市朝。忽忽如狂久廢書。

五　絕

蒼蒼露未晞。翩翩白鳧鷗。汎汎水中游。茫茫曲城路。
一一問歸鴻。迢迢建業水。

七　絕

區區女子無高意。區區庸蜀支吳魏。區區微意欲何成。
區區翻覆亦何人。家家露積如山壠。家家桃杏過牆開。
家家圖畫有屏風。蕭蕭三月閉柴荊。蕭蕭一榻卷書坐。
蕭蕭長草沒麒麟。青青石上歲寒枝。青青千里亂春袍。
青青今見數枝梅。年年過我未愆期。年年長趁此時來。
忽忽籠紗雨過梅。忽忽覺來頭更白。悠悠殘夢鳥聲中。
悠悠獨夢水西軒。亭亭千丈陰南山。亭亭風夢擁川坻。
紛紛應接使人愁。紛紛易盡百年身。冥冥江雨濕黃昏。
冥冥獨鳳隨雲露。默默此時誰會得。默默長年有所思。
蓬蓬飛墮晚花前。杳杳難隨驛使來。寥寥蕭寺半遺基。
脉脉含芳映雪時。迢迢雲水隔蘇台。黯黯長空一道斜。
隱隱西南月一鈎。撲撲煙嵐遶四阿。濛濛吹濕漢衣冠。
滾滾滄江去復歸。

二、用於句中者

五　古

汝觀青青枝。仰攀青青枝。仰看青青葉。悲哉區區人。
走死區區燕。頗知區區者。嗟予栖栖者。竊彼栖栖者。
況欲諄諄誨。遠水悠悠碧。

七　古

畫史紛紛何足數。世界紛紛洗更新。天下紛紛經幾秦。
儒衣紛紛欲滿地。外慕紛紛吾已矣。回首紛紛斗筲窄。
衣褐紛紛謾回首。一幅往往黃金百。幽處往往聞笙簧。
留賓往往夜參半。廊廟往往悲忠佳。野人往往見神物。
爾來盜賊往往有。蘺蔦冥冥陰演迤。秔黍冥冥十數家。
其顛冥冥不可見。飛雁冥冥時下泊。桑麻冥冥山四起。

正觀元元之子孫。　功施元元後無極。　水風蕭蕭不滿旗。
北風蕭蕭寒到骨。　況乃區區郢中小。　始皇區區求不得。
只有年年鴻雁飛。　惟有芳草年年佳。　四山翛翛映赤日。
水秧綿綿復多稌。　行義迢迢有歸處。　老衰奄奄氣易奪。
顏色青青終自保。　熟視稍稍摩其鬐。　悲風颯颯吹黃蘆。
南城草草不受兵。　蒼煙寥寥池水漫。　中間業業地無幾。
林葉慘慘風煙生。　身世忽忽俱有役。　豈薺茸茸映魚網。
楊鞭去去及芳時。　朱門奕奕行多慚。　風物看看又到秋。
何須戚戚長辛苦。　有氣鬱鬱高挂天。　瓊樹森森遮疊巘。
鄰桑摵摵已欲空。　悲蟲啾啾促機杼。　鱗甲漠漠雲隨行。
春江窈窈來無地。　飛帆浩浩窮天際。　此水泠泠空在山。
陶情滿滿傾榴花。　淡水渾渾來自北。　短垣困困冠翠嶺。
母兄呱呱泣相守。　觸目悽悽無故人。　隔淮仍見裊裊垂。
霽色嶺上班班留。　民之聞者源源來。

五　律

稍見青青色。

七　律

何事紛紛客此身。　寵辱紛紛一等看。　回首紛紛已五年。
應接紛紛只強顏。　往事紛紛夢寐中。　霜雪紛紛上鬢毛。
車馬紛紛白晝同。　眼底紛紛綠漸抽。　俚耳紛紛多鄭衛。
薄嶺紛紛惜此時。　薪水區區但可哀。　獨與區區觸事爭。
何必區區九陌塵。　東風渺渺客天涯。　浮雲渺渺吹西去。
春風渺渺烏塘尾。　無才處處是窮塗。　春風處處堪携手。
宛洛甄車處處逢。　若木昏昏未有鴉。　缺月昏昏漏未央。
我亦悠悠無事者。　外物悠悠無得喪。　馬首翩翩只欲東。
終思一命翩翩駕。　因君往往歎西風。　許史家兒往往嗔。
羽毛的的人難近。　漢水決決繞鳳林。　燈火忽忽出館陶。
昨日青青尚未齊。　我亦年年幸賜衣。　秀氣稜稜動搢紳。
清江漫漫遶城流。　溪谷濺濺嫩水通。　日月泛泛與水爭。
曉馬駸駸路阻脩。　春風漠漠上衣裳。　南遊忽忽與誰言。
朝寒瑟瑟樹聲悲。　風玉蕭蕭數畝秋。　怪石巉巉上沆瀣。

村落家家有濁醪。偶陪南望重重綠。舊挽青條冉冉新。
歸帆嶺北茫茫水。

七　絕

城郭紛紛老倦尋。萬事紛紛只偶然。世故紛紛謾白頭。
天下紛紛未一家。力戰紛紛此一時。黨錮紛紛果是非。
姦冏紛紛不爲明。兒女紛紛強笑言。使節紛紛下禁中。
漫秧漫漫出初齊。東風漫漫吹桃李。秋雨漫漫夜復朝。
春遠花枝漫漫開。綠水環宮漫漫流。神林處處傳簫鼓。
豐年處處人家好。身閑處處堪行樂。風暖柴荊處處開。
抱甕區區老此身。智力區區不爲身。卻要區區一老翁。
秦晉區區等亡國。深樹冥冥不見花。殘菊冥冥風更吹。
海氣冥冥漲楚氛。草木冥冥但有風。許我年年一度來。
不惜年年糞壤培。得此年年醉不知。武昌官柳年年好。
煙中漠漠江南岸。黃花漠漠弄秋暉。西山漠漠有無中。
楊柳蕭蕭白下門。人語蕭蕭院落中。春風日日吹香草。
不奈歸心日日歸。鳥塘渺渺漾平堤。春江渺渺抱牆流。
萬事悠悠心自知。江上脩脩不見人。前伴茫茫不可尋。
仙事茫茫不可知。綠葉陰陰忽滿城。流水濺濺度兩陂。
故人戀戀絺袍意。故人歲歲相逢晚。且踏青青繞杏園。
煙草茸茸一片愁。曲沼溶溶泮盡澌。自笑皇皇此世間。
高架層層吐絳葩。甄陶往往成今手。碧月團團墮九天。
還家忽忽驚秋色。千門萬戶曈曈日。無端隴上脩脩麥。
直塹回塘灩灩時。去馬來車擾擾塵。曲巷橫街一一穿。
地面芬敷淺淺紅。

三、用於句尾者

五　古

追師嘗劫劫。此何宜劫劫。舉世徒呫呫。詩者徒呫呫。
塞責以區區。窮年走區區。奈何雨冥冥。咄汝無喋喋。
搏飛欲戔戔。鍛墮今點點。李生坦蕩蕩。魂魄散逃逃。
出門事紛紛。生姿何軒軒。剡山碧榛榛。小官苟營營。

初見葉青青。萬羽來翩翩。白馬鳴蕭蕭。但聽鳴蕭蕭。
遺風何寥寥。誕構來嗻嗻。迎浦疎潺潺。亘天青鬱鬱。
回首雲濛濛。

七 古

雷蟠電掣雲滔滔。偃薄江水之滔滔。十日八九陰漫漫。
空庭得秋長漫漫。蒼梧之野煙漠漠。奉事枯骨尤兢兢。
我亦坐視心瞢瞢。北窗枕簟風冷冷。上下隨煙何懂懂。
欻見壟上黃離離。想見鄴郭花稠稠。世上滿眼真悠悠。
簿書期會老紛紛。鳴鐃伐鼓水洋洋。漂田種秫出穰穰。
但有洛水流渾渾。丹崖碧嶂深重重。鼻息凍合髭繆繆。
與山久別悲忽忽。豈有曾子終皇皇。於今冠佩何頎頎。
水玉作軸排疏疏。

五 律

歸鳥黑紛紛。天角浪漫漫。天質自森森。

七 律

懷鄉訪古事悠悠。百年春夢去悠悠。三秋不見每惓惓。
冠山仙家亦寥寥。春風枝上鳥關關。春風波浪水濺濺。
紅梅落盡雨昏昏。世間騰口任云云。秋城氣象亦潭潭。
沙邊煙樹綠迥迥。

五 絕

遙見只青青。長得見青青。西崦水泠泠。何苦綠忽忽。

七 絕

青燈隔幔映悠悠。談經投老拚悠悠。爾來千載判悠悠。
楚天如夢水悠悠。荒雲涼雨水悠悠。茅簷午影轉悠悠。
腰鎌今日已紛紛。山林投老倦紛紛。文成五利老紛紛。
人間投老事紛紛。上方車馬正紛紛。茂松脩竹翠紛紛。
屋山終日信飄飄。誰悲精鐵任飄飄。南風屋角響蕭蕭。
都城落日馬蕭蕭。山前溪水漲潺潺。長谿流水碧潺潺。
雪雲江上語依依。冷雲衰草暮迢迢。黃塵投老倦忽忽。
竹雲新筍已斑斑。夜天如水碧恬恬。雪乾沙淨水迥迥。
城雲如雪柳毿毿。從人笑我腹便便。世間歌哭兩營營。

幾回圓極又纖纖。野花吹盡竹娟娟。水光山氣碧浮浮。
汀沙雪漫水溶溶。西山映水碧潭潭。補穿茸漏僅區區。
崔嵬相映雪重重。

〔雙疊〕

古　詩

何膠膠擾擾，而紛紛籍籍。（次韻約之謝惠詩）

朝朝暮暮能雲雨。（葛蘊作巫山高愛其飄逸因亦作兩篇）

五　律

擾擾復翩翩。（與寶覺宿僧舍）

七　律

淺淺池塘短短牆。（與微之同賦梅花得香字三首之三）

山紅漫漫綠紛紛。（次韻酬宋玘六首之一）

鍾山漠漠水洄洄。（次韻和甫春日登臺）

七　絕

葉底三三兩兩魚。（溝西）

乞得膠膠擾擾身。（答韓持國芙蓉堂二首之二）

煙雲渺渺水茫茫。（懷金陵三首）

青煙漠漠雨紛紛。（禁中春寒）

剪剪輕風陣陣寒。（夜直）

朝朝暮暮空雲雨。（巫峽）

爘爘金波滿滿醪。（中秋夕寄平甫諸弟）

紛紛擾擾十年間。（贈僧）

第八節　慣用代字

　　荊公學究天人，博貫載籍，故能化腐爲奇，推陳出新，運用古語，
鑄就新詞，言隨意遣，渾然天成，代字之用，尤爲其死中求活之一法，
冷齋夜話稱：「用事琢句，妙在於言其用而不言其名，此法惟荊公東
坡山谷三老知之，荊公曰：『含風鴨綠粼粼起，弄日鵝黃裊裊垂』，此
言水柳之名也。」詩人或託物以寓意，或用典而使事，聲氣類推，取

譬相成云者，即代字之用也。

　　吳禮部詩話載：荊公詩：「秋日不可見，林端但餘黃」，釋者謂「黃」
為黃落，非也。「黃」指日之餘輝也，故其下云：「仗藜思平野，俛仰
畏無光」。此以「黃」字表落日之餘輝。觀林詩話曰：半山云：「窗明
兩不借，榻淨一蘧篨」。楊雄方言，絲作曰履，麻作曰不借。崔豹古
今注：草履曰不借。許慎說文云：綥或作綦，帛蒼艾色。詩縞衣綥巾，
未嫁女所服，一曰不借。常所服御，而人皆易有者，皆可謂之不借，
不獨履也。然半山所指，乃草履耳。乃用「不借」稱草履，「蘧篨」
稱竹席。梅磵詩話云：「荊公詩云：『蕭蕭搏黍聲中日，漠漠舂鉏影外
天』，搏黍，黃鸝也。詩疏云：『『黍方熟時，鳴於桑間』，舂鉏，鷺也。
爾雅云：『取鷺之行步』云。」他如「翳林窺搏黍」「視遇若搏黍」，
均用「搏黍」代黃鸝，用「舂鉏」代鷺。漁隱叢話載復齋漫錄云：「荊
公詩『日高青女尚橫陳』，橫陳事見相如賦及楞嚴經云，青女者，主
霜雪之神也，故淮南子云，至秋三月，青女乃出，降霜雪，高誘注云：
青女乃天神，青腰玉女，主天霜雪。」即以「青女」代霜雪。

　　除以上詩話所錄者外，其他代字尚多，茲略舉如下；至其詩題，
一因斑斑可考，二為削繁就簡，故爾闕焉：

　　以「龍骨」代水車：倒持龍骨掛屋敖。翛翛兩龍骨。龍骨已嘔啞。

　　以「茅茨」代屋：水木有茅茨。同岡結茅茨。

　　以「方諸」代鏡：方諸承水調幻藥。

　　以「槃礴」代箕坐：安知有人槃礴贏。想當槃礴欲畫時。

　　以「款段」代馬：款段庶可策。窮歸放款段。蕭晨秣款段。因知
　　　　田里駕款段。憶曾騎款段。

　　以「鬼營」代古塚：鬼營誅荒梗。

　　以「軟玉」代鞭：舞羽墜輭玉。

　　以「碧筩」代杯：碧筩迎舒卷。

　　以「紫角」代菱：紫色聯出縮。紫角方可摘。

　　以「嶧陽」代桐：千枝孫嶧陽。

以「淇奧」代竹：萬本母淇奧。

以「陶令株」代柳：滿門陶令株。

以「韓候葦」代茱：彌岸韓候葦。

以「科斗」代古文：科斗似可讀。

以「豫且」代漁者：疾呼豫且設網取。

以「阿蘭若」代寺廟：脩脩阿蘭若。不出阿蘭若。周顒宅作阿蘭若。

以「批頰」代鳥印鳥：藉草聽批頰。

以「蒼官」代松：封植蒼官蔭華皓。蒼官受命與舜同。試問蒼官
　值歲寒。歲晚蒼官才自保。

以「沒羽之虎」代石：沒羽之虎行林間。

以「籜龍」代竹杖：籜龍失職因藏跧。籜龍將雨遶山行。籜龍名
　爲道人留。

以「而」代頰頷：風作鱗之而。

以「笭箵」代取魚籠：笭箵沙際來。

以「略彴」代步涉橋：略彴桑間斷。

以「刀室」代鞘：剪綵休開寶刀室。

以「鷁首」代舟船：鷁首已云北。

以「鏁魚」代門鑰：開厨發匣鳴鏁魚。

以「楚製」代短衣：楚製從人笑。平頭均楚製。

以「長耳」代驢：長耳嗣吳吟。

以「白雲」代茶：共盡白雲杯。

代「荷葉」代杯：荷葉卷新醅。

以「泥滑滑」代竹雞：山鳥自鳴泥滑滑。

以「方墳」代方塔：空見方墳涌半霄。

以「野馬」代塵埃：游衍水邊追野馬。

以「山君」代虎：嘯歌林下應山君。

以「殺青」代汗簡：殺青滿架書新繕。

以「生白」代虛室：生白當窗室久虛。

以「宰堵坡」代靈廟：婁約身歸宰堵坡。

以「蹇」代驢：縱蹇尋岡歸獨臥。謾容小蹇載閒身。

以「一杯霞」代酒：強嚼一杯霞。

以「白雪」代絲：繰成白雪桑重綠。

以「黃雲」代麥：割盡黃雲稻正青。

以「孟勞」代寶刀：解我蔥珩脫孟勞。詩鋒捷孟勞。

以「蒼茫」代雲：誰令天上蒼茫合。

以「綠垂」代柳：綠垂淨路要深駐。

以「紅寫」代杏：紅寫清陂得細看。

以「天花」代雪：更待天花落坐中。

以「霜根」代白髮：髮有霜根面有埃。

以「黃卷」代經卷：一生黃卷不離身。

以「露翰」代鶴：露翰飢更清。

第九節　多用疑詞

　　詩以空靈蘊藉為高，委婉含蓄為貴，如滄浪詩話所稱：「盛唐諸公唯在興趣：羚羊掛角，無跡可求。故其妙處透澈玲瓏，不可湊泊，如空中之音，相中之色，水中之影，鏡中之象，言有盡而意無窮。」此為詩之極至，欲達此境界，則多用疑詞，庶或可幾，安石於此，又有獨得之心法焉。

　　王詩有全首用問語者，如〈勘會賀蘭溪主〉一詩云：「賀蘭溪上幾株松？南北東西有幾峯？買得往來今幾日？尋常誰與坐從容？」四語四問，別創一格，故黃玉林云，「前輩作詩，有蹈襲而不以為嫌者，荊公此詩全用唐皇甫冉問李二司直六言詩意，此體甚新，詩話中未有拈出者。」（詩林廣記引）茲附〈皇甫冉問李二司直〉詩如下：

　　　　門外水流何處？天邊樹遠誰家？山絕東西多少？朝朝幾度
　　　　雲遮？

黃玉林又以為「皇甫冉此詩，蓋用屈原天問體」，宋蔡正孫則謂：「陶

淵明來使一篇，亦是此體。」是知安石此法，蓋有所本矣。再附〈陶淵明問來使〉詩於後：

> 爾從山中來，早晚發天目。我屋南窗下。今生幾叢菊？………。

古詩如〈白鶴吟示覺海元公〉中，「北山道人曰」以下：「美者自美，吾何爲而喜？惡者自惡，吾何爲而怒？去自去耳，吾何關而追？來自來耳，吾何妨而拒？吾豈厭喧而求靜？吾豈好丹而非素？汝謂松死吾無依邪？吾方捨陰而坐露。」全用問語。〈思王逢原〉詩：「我善孰相我？孰知我瑕疵？我思誰能謀？我語聽者誰？」接連四問。〈詠風〉云：「風從北海起，至此南海上。問風來何事？去復欲何向？誰遣汝而號？誰應汝而唱？汝於何時息？汝作無乃妄？風初無一言，試以問雲將。」除首尾外，全爲問語。

綜觀王詩所用疑詞，以「何」字最多，「誰」「豈」次之，其餘依序爲「安」、「幾」、「那」、「寧」、「能」、「孰」、「肯」、「否」（不）、「無」、「胡」、「詎」、「非」、「敢」、「底」、「歟」、「甚麼」、「奚」等字，茲將諸詞按詩體列舉於後：

〔何〕

五　古

季也來何遲？汝何思而憂？作苦何時息？何以況清明？
子去悲如何？奈何雨冥冥？舟輿來何遲？學等何足躐？
朽笋何足摺？此何宜劫劫？雲今在何處？有亦何妨事？
何須學鑽燧？何有江令宅？蕭蕭何所直？何爲亦窮辱？
如何蔽於斯？此水存何傷？何嘗敢安枕？雖勤亦何收？
含憂何時寫？爲壽樂如何？絳灌亦何知？獨醒竟何如？
何往爲吾丘？荒淫何足收？渾水何由寧？問君行何爲？
何時歸相過？何緣一杯酒？衰顏亦何施？產子知何時？
生姿何軒軒？飄飄何時至？性命一何脆？且往知何許？
問言歸何時？何豫主人謀？何用辨堅冰？何爲反初服？
何知夷與惠？臧倉汝何與？如何棄予死？問君行何爲？

不知幾何時？何爲向子歎？問言歸何時？相逢亦何有？
如何呎尺間？何時動江舲？於世復何實？奈何不知農？
何施就升平？辛苦亦何實？如何貞觀君？墨子見何奢？
出門何所求？雖悔欲何爲？奈何獨當樵？問爾何以報？
何慚在牛後？何當強收拾？捨此何其廉？何嘗釋囚鉗？
省兵當何緣？水旱尚何有？人爲奈爾何？何由日親炙？
茲歡何時合？遺風何寥寥？君今去何適？嘉草何由啜？
何由見神物？問侯年幾何？問侯何能爾？問侯客何爲？
問侯兒何讀？何至羑里辱？如何洗煩醒？秦女亦何事？
彼昏何爲者？邂逅亦何時？既有何能屏？何年佛子住？
生涯亦何有？

七　古

借問此木何時果？全活至今何可數？紫芥綠菘何所直？
花邊飲酒今何處？汝今何恭昔何慢？徐熙畫此何爲者？
上下隨煙何懂懂？何似當時萬竹蟠？舉國大索何能爲？
少年意氣何由挽？興廢倏忽何其哀？將帥何力求公台？
元和伐蔡何爲哉？歸與何人共此悲？塊獨守此嗟何求？
何時扁舟卻顧我？感此近世何爲哉？當時噌等何由伍？
不知今日到何州？竟莫見以何雕鏤？思君一語何由往？
夢寐惆悵何時還？何須戚戚長辛苦？一出何由問行迹？
獨山梅花何所似？朱樓碧瓦何年有？眾人紛紛何足競？
年年借問去何時？道路後先能幾何？生民何由得處所？
奈何中棄入長安？誠令得志如何哉？褊衷不容又何益？
主人於草宜何如？

五　律

何知即老翁？當如薄暮何？西來意若何？何物可攀緣？
何以長人爲？摯斂一何饕？客主竟何事？何事倚牆窺？
日月凋何急？何處難忘酒？列鼎亦何有？何以忘羈旅？
乘興何時載？故人何處所？欲問深何許？世事一何稠？
紛紛何所爲？何言萬里客？故山河處所？何言野人意？
如何去不歸？才力竟何施？使節何年去？萬里竟何在？

何物告無期？

七　律

杌爾何年客此洲？既成春服更何憂？共言何許更消憂？

如何誤到北山遊？應身東返知何國？蓮花世界何關汝？

如何竈鬼尚嫌嗔？何事閩鄉有土司？無法何曾泥飲光？

揮毫何以報明珠？故畦穿齭知何日？蕭然高臥意何長？

如何憂國忘家日？思量何物堪酬對？何事紛紛客此身？

何如雲屋聽窗知？欲問後期何日是？南北何時見兩髦？

淵明酩酊知何處？人稱甲子亦何須？新妝欲應何人面？

昔人何計亦何思？世資何用滿籯金？剖符輕去此何緣？

何日相隨我亦閒？故交重趼恩何厚？有司何日選方聞？

平皋望望欲何向？欲訪何人話此心？旅羹何惜雁能鳴？

靈巖開闢自何年？終身何敢望韓公？魯國儒人何獨少？

殘陰餘韻去何長？使指將如我病何？把手何時寂寞濱？

牢落何由共一樽？學如吾子何憂失？相知何藉一劉龔？

過我何時載淥醽？不知何日為君開？潘郎何用悲秋色？

一醉何妨薄主人？力學何妨和子思？何時杖履卻相親？

鄭圃何妨禦寇來？高蟬感耳何妨靜？漢家何事費甖缸？

歸計何時就一廛？如我何緣得此聲？子猷清興何曾盡？

天祿何時召子雲？一吟何以稱來求？宦遊雖晚何妨久？

操几何知此地逢？從此政成何所報？他日卜居何處好？

何必紅裙弄紫簫？肉食何妨有厚顏？渭陽車馬嗟何及？

一廛無地去何從？後日歡娛能幾何？離別何言邂逅同？

何時得遂扁舟去？壯志何嘗似釣鼇？東林何必謝劉雷？

世上何人可避喧？行路何妨更有詩？何時六逸自賡酬？

知君出處意如何？遭時何必問功名？世事何時逢坦蕩？

南去干戈何日解？萬物天機何得喪？勝事與身何等近？

何當水石他年住？風暖何曾毒草搖？肉食自嗟何所報？

身世何時兩息肩？千里封疆何足治？放身滄海亦何求？

飄然一往何時得？何事臨池苦學書？行藏終欲付何人？

何事林間近絕疑？逸興何當叩隱扉？從來貴勢公何慕？

壯歲如何棄我先？二千石祿今何有？窮魂散漫知何處？

五　絕

何緣有歲華？何許一黃鸝？何緣有此名？何爲樂彼園？
李白今何在？榮祿嗟何及？知從何處來？自愛一何愚？
何時照我還？如何更遠遊？絕學奈禽何？長安何日到？
何若綠忽忽？當如習氣何？

七　絕

一枰何處有虧成？奈爾黃梅細雨何？春風何處不堪行？
野老何知強討論？比鄰何苦卻焦頭？楊朱何苦涕橫流？
何須貂暖配金寒？知復何時伴我閒？公乘白鳳今何處？
問月何時照我還？何時照我宿金生？何須持寄嶺頭梅？
楊柳杏花何處好？試問道人何所夢？絮飛度屋何許柳？
君詩何以解人愁？勢利白頭何足道？如何同得到鍾山？
如何更欲通南埭？何如雲臥唱松風？明月何時照我還？
山於何處不相召？何時白石岡頭路？雞蟲得失何須算？
試問春風何處好？落日欹眠何所憶？始奈重山複嶺何？
雲木何時兩翅翻？散髮何時一釣舟？如何孔甲但能羈？
桔橰俯仰妙何事？白下長干何可見？東吳太守美如何？
何須更待黃粱熟？北山草木何由見？何況開山說法人？
咫尺淹留可奈何？才薄何能強致君？如何咫尺商於地？
誤恩三品竟何酬？君知此物心何欲？如何清世容高臥？
窟穴何妨有兔蟾？欲將何物助強秦？何事低佪兩鬢霜？
如何勤苦尚凶飢？何苦歸來問葛陂？何妨舉世嫌迂闊？
惡名磨滅幾何年？不知何用牧羊兒？古來何啻萬公卿？
黑白何勞強自分？并汾諸子何爲者？行人何事此中行？
遺我珠璣何以報？區區微意欲何成？驪山如此盜兵何？
世事何嘗不強顏？舉世何人識道真？賤妾何能作禍基？
身留海上去何時？自憐於世欲何營？何緣葅醢賜侯王？
何用悠悠身後名？莫道何曾似仰山？區區翻覆亦何人？

〔誰〕

五　古

誰謂川無朕？誰能挽姮娥？誰謂秦淮廣？考擊誰敢軵？
愚者誰信爾？誰謂非絕俗？誰能絃且歌？誰爲堯舜徒？
誰能弛其防？紛紛誰與守？誰當執其咎？浮詐誰能審？
誰論魚鼈淰？造物誰慫恿？老矣誰與娛？問誰可與言？
變化誰能謀？此歌尚誰聽？欲語將誰投？已矣尚誰知？
誰爲賢與頑？歲行誰使然？攬轡欲從誰？誰敢救其失？
此物誰能珍？浩浩誰能量？使我當從誰？誰云食之昏？
誰喜亦誰慍？利端誰與開？較計誰得失？冥冥誰與論？
機緘誰使然？少駐誰云屢？民瘼當誰砭？誰翫汝文采？
高論從誰丐？誰可婿諸妹？醫藥誰可賴？誰與通貨貝？
欲歡念誰邀？誰投此虹蜺？怪此禿誰使？誰爲開長利？
誰將除茀塗？剖割且誰肯？誰能當此時？魂遊誰肯逢？
靈山名誰自？居者莽誰容？

七　古

果獵誰復知殊稱？汝罪當死誰云冤？君家石屏誰爲寫？
問此誰主何其精？力排異端誰助我？子雲今存誰汝數？
誰道蕭曹刀筆吏？誰爲孔費兩將軍？誰初妄鑿妍與醜？
坎軻坐老當誰尤？安豐百里誰復歎？溪窮壞斷至者誰？
子有不可誰予規？一時獨唱誰能曉？欄檻茲名復誰表？
誰肯坐死無亡逃？誰能保此千世後？籃輿晨出誰與適？
誰令昨夜雨滂沱？先子泯沒予誰依？前日才能始誰播？

五　律

愚公誰助徙？誰同此眞意？誰謂貴公子？誰謂我忘老？
誰可告華胥？草問誰賓主？誰爲吾侍者？嗟誰可與明？
誰見我行時？所樂有誰同？誰是漢郳陽？尺寸果誰長？
今人誰與歸？存亡誰一問？補敗今誰郵？誰當授椽筆？
誰見鬼修文？誰知逝川底？

七　律

飄流誰棄止誰收？誰謂窮鄉可久留？不知三徑爲誰開？

誰拂定林幽處壁？舌根已淨誰能壞？當此不知誰客主？
落落誰鍾老柏青？倨堂誰覺似非人？爲誰將手少林叉？
紛紛迷眼爲誰花？功名蓋世知誰是？胡床月下知誰對？
誰誘昏童肯用良？握手更誰知往事？誰向君家識所趨？
誰似浮雲知進退？諸賢誰敢望光塵？此身醒醉與誰同？
邂逅都門誰載酒？褰裳遠野誰從我？春風誰與駐千旄？
零落長年誰語此？執利誰能算一毫？文章滿世吾誰慕？
將相誰云有種哉？孤清楚國知誰繼？終夜不眠與誰共？
寂寥誰共樽前酒？誰復沾纓酹一缸？廢宮誰識舊軒窗？
高位紛紛誰得志？郡人誰敢慢陶潛？舊學從誰得指南？
故國淒涼與誰問？將歸田里更誰從？兩地誰傳萬里書？
南游忽忽與誰言？瘴鄉誰與擇車麾？誰伴溪山避網羅？
此地七賢誰笑傲？誰能胸臆無塵滓？誰奮長謀平嶺海？
誰將天下安危事？命在誰論進有材？歲晚誰爲靜女媒？
地下誰通勾曲天？回首三君誰更似？冥冥誰識此高風？
一鳴誰更識龍媒？得禍誰期鶴見媒？功名誰信鬼神慳？
靜處誰知世有機？杖藜高徑誰來往？誰令天上蒼茫合？
德侔卿長更誰慚？卷曲尚誰知散櫟？埋沒誰知太守阡？

五　絕
　　人老爲誰紅？芳草知誰種？鳥聲誰喚汝？不知魚網誰家？

七　絕
誰將石黛染春潮？誰肯苞苴出晉陽？誰謂交梨非外獎？
今日桐鄉誰愛我？國人誰復記前遊？暮年惆悵誰知此？
市中年少今誰在？誰人知道是王孫？誰悲精鐵任飄飄？
不知誰賞魏家花？風雨無時誰會得？誰收松下著殘碁？
雲鬟煙鬢與誰期？誰有耡櫌不自操？誰合軍中稱亞父？
誰道君王薄賈生？誰令天作海門山？餘風今日更誰傳？
誰識涒陽後世孫？誰識柴車載伯休？馬頭乘興尚誰先？
車馬不臨誰見賞？卻歸荒寺有誰知？可憐新月爲誰好？
不知誰見此花開？夜壇誰敢將風騷？千古誰分僞與眞？
默默此時誰會得？曾悟布毛誰比丘？

〔豈〕

五 古

豈異常歸寧？豈得長掛壁？豈久汙塵滓？我亦豈久長？
廢興豈所存？豈伊不可懷？豈問庭前柏？兩豈爲我行？
豈無良庖者？豈知安穩睡？豈有客須看？豈當相十百？
豈云獨荊揚？豈易識其方？豈嘗摧其子？豈無濟時術？
欲往豈無馬？豈非亦有求？豈能蘇一人？豈不慰寂寞？
豈易取酬答？豈敢事高寒？豈若駕以行？豈在有無間？
冬暖豈所宜？豈無嘉賓客？豈嘗知符命？王蠋豈非賢？
玩物豈能留？豈不聽者惑？古豈有此人？經營豈非艱？
豈於喧與靜？空名豈予匹？豈比賣餳人？如留豈吾客？
所願豈華轂？豈以食爲累？豈時有必至？豈無馬與車？
豈免竊食嫌？豈其仁智心？豈必詢謀僉？去歸豈能田？
省兵豈無時？良交豈其絕？細事豈足論？平林豈舊物？
豈是昔時魚？當時豈有力？豈獨識當世？野老豈知此？
近豈潛衡匹？景豈龍遊殊？豈在豪華宮？

七 古

嗟汝歸分路豈難？撫卷豈復能低佪？山中豈料今爲晉？
豈得跨有此一方？燉犀得禍豈偶然？疆土豈得無離乖？
豈無歌聲相獻酬？蟻螻豈足知天高？豈亦以此誇常民？
終欲追攀豈辭劇？嗟我豈識彪與全？豈若泯默死蠶桑？
韓公既去豈能追？遺愛豈用吾詩評？頌聲交作莽豈賢？

五 律

吾樂豈弦歌？天豈偶生才？豈謂登臨處？南來豈是歸？
豈止挾三言？江湖豈在眼？哀鳴豈有求？還家豈不樂？
論心豈有求？形勢豈其然？豈愧公孫相？興廢豈人謀？
西華豈易依？

七 律

終非吾土豈如歸？老羆豈得長高臥？暮齒相思豈久堪？
一歡相屬豈人謀？樂世閑身豈易求？歲時歌唄豈辭遙？
豈即諸天守夜叉？疑有青腰豈作家？豈能舴艋眞尋我？

袁安交戟豈須叉？牆面豈能知奧義？恩許賡歌豈易陪？
家傳豈獨賦河東？但疑公豈久分襟？陂田荒盡豈嘗窺？
勠力求田豈爲名？豈惜解鞍留夜飲？豈慕王尊能許國？
豈論王謝世稱才？時論如君豈久孤？憑心豈客慰相憐？
豈無和氏識荆璆？身退豈嫌吾道進？老驥能行豈易閑？
聲名身後豈須聞？豈與人間共一陶？少時爲學豈身謀？
瘡痍猶在豈謳吟？嘉篇爲眖豈宜蒙？君今少壯豈長貧？
當年豈意兩家子？相知多難豈無經？才方疎廣豈能多？
相逢豈少佳公子？當時豈意兩家子，直筆他年豈愧辭？
豈知身得兩朱輪？豈論江徼與河湄？豈料今隨寡嫂行？
才業如君豈久窮？豈知炎旱有彤雲？天機自動豈關情？
風力才華豈易當？豈堪置足青冥上？白筆豈知權可畏？
豈知翻手兩成翁？勠力乘田豈爲名？士才如此豈無時？
一九豈慮封函谷？豈是明時惜一毛？川塗南北豈忘情？
區區豈盡高賢意？覽德豈無丹穴鳳？豈但搢紳稱召杜？
豈如公出值虞唐？豈惜埋辭追往事？豈料青衫困一生？

五　絕

桐鄉豈愛我，野性豈堪此？豈遭軋閨婆？相分豈相忘？
年華豈有盡？

七　絕

豈見元豐第二秋？蝴蝶豈能知夢事？豈能令鬼哭黃昏？
豈爲哀憐范叔寒？豈妨迦葉杜多身？豈比衰翁遠自投？
豈能終日望咸陽？豈論騏驥與駑駘？殘骸豈久人間世？
豈願爭明爝火間？東陵豈是無能者？龍意茫然豈得知？
人世豈能無聚散？淮雲豈與遼天闊？豈能無意冶城潮？
風來風去豈嘗要？豈爲辛勤養玉蟾？風雲豈知行客恨？
附蘗憑崖豈易躋？所託雖高豈自營？豈是人間不見容？
豈能投死爲韓憑？豈知臨別更心違？不是虛心豈得賢？
天放嬌嬈豈自知？釣國平生豈有心？眞照無知豈待言？

〔安〕

　古　詩

　　經綸安所施？倫等安可躐？安知汝為異？諸偶緣安有？
　　安能辨賢不？安得有一塵？有才安所施？顧爾安知秋？
　　安得斯人術？樽酒安可傾？安能孤此意？安得兩黃鵠？
　　安能久竊食？墳墓安可忘？安得有車馬？欲禁安能捨？
　　安知鴻都事？安得圓機者？安能久塵土？予口安能箝？
　　罷弱安可生？歲晚將安謀？伶行安及脛？
　　安知有人槃礴贏？積雪已多安可掃？風水千里安知難？
　　至親安能常在側？此物安肯來庭除？冠帶安能強修飾？
　　老矣安能學伏飛？金輿玉几安在哉？安得四鄙無豺狼？
　　安敢坐以秦為雌？欲從故人安可得？安得溪船問消息？
　　挾此窮老將安歸？安得冬風一吹汝？

　律　詩

　　安能問香積？安如汝輩年？安能易地閒？
　　立橋安知富可求？勳業安能保不磨？時物安能學計然？
　　大句安知辱兩雄？安得湖山歸我手？自笑安能到萬分？
　　揭厲安知世淺深？安得此身如草樹？安能養志似曾參？

　絕　句

　　安得身如倉庚氏？投老安能長忍垢？安得病身生羽翼？
　　安得先生同一飲？

〔幾〕

　古　詩

　　有幾許煩惱？幾能孩童舊？回環今幾周？當復幾人閒？
　　暮在知幾顆？
　　天下紛紛經幾秦？黑貂裘弊知幾時？得子雲心亦無幾？
　　人世百年能幾許？

　律　詩

　　昔日幾侯王？
　　青鸞幾世開蘭若？看看知復幾春秋？彩筆知書幾葉花？

鞍馬新年幾日留？幾時重接汝南評？日月新阡卜幾時？
試問紅燈幾客留？從此暄妍知幾日？知君能復幾來遊？
幾家清坐得軒眉？幾時能到與留連？華屋幾人思謝傅？

絕　句

君行定幾時？今日幾荷開？
百歲用癡能幾許？白下城中有幾家？知復同看幾度開？
至老相尋得幾回？此夜清光得幾多？舊事陳言知幾編？
花開花落幾春風？鄉邑如君更幾人？殘樟穿來欲幾春？
幾家能有一緒絲？南北此身知幾日？更添華髮幾千莖？
西去論心更幾人？目送家山無幾許？幾人曾到此城東？

〔那〕

古　詩

渠來那得度？那知抱孤傷？那知山水樂？
牛乳芳甘那得比？蟲來食根那得久？那知襄王夢時事？
那知赤子偏愁毒？那知相送不得留？

律　詩

畫脂那更惜時名？生死那知半路分？那能鎮壓黃塵起？
那知千世最崎嶇？

絕　句

那知不是武陵溪？汝翁那更鑷髭鬚？後會有無那得知？
天際歸艎那可望？那知高處有清風？那知肯更憶江南？
汝死那知世界寬？那堪春入武陵源？

〔寧〕

古　詩

溪山寧有此？當熱寧忘簟？自古寧有此？饕寵寧無惡？
愧辱寧在己？此理寧復在？寧能為收拾？可畏寧獨人？
寧獨以其私？寧殊邑中黔？
稱意人間寧易得？飲我寧辭酒或索？自計寧能久安臥？
妾身與花寧獨異？

律　詩

——照肌寧有種？多學似君寧易得？姦黨寧無側目猜？

〔能〕

律　詩

可能搖蕩武陵源？百年邂逅能多少？小詩能不強雕鐫？

可憐蝸角能多少？可能空寄好詩篇？可能三月尚無君？

可能乘興酒家眠？世無西伯可能留？可能生子但升卿？

絕　句

能忘數句書？

可留留得故人車？可能雞犬得長生？從此到寒能幾日？

可能王衍勝商君？

〔孰〕

古　詩

孰如汝所丁？其孰擾汝寧？彼亦孰知丘？躅煩孰如我？

婚喪孰不供？耕收孰不給？孰能開其淫？近世孰如公？

孰識古之人？孰肯避此世？舍懷孰與語？

戴白孰與蒼然好？孰真孰假丹青模？

律　詩：

朝倫孰與君材似？

〔肯〕

古　詩

肯貸一凶生棄播？魚網肯數荊州池？肯言孔孟猶寒飢？

律　詩

官閑肯便忘？自信肯依違？

惟隨秋水肯揚舲？入鳥忘機肯亂行？肯但悲歌寂寞濱？

肯問簞瓢與萬鍾？

絕　句

肯為行人惜馬蹄？組麗深藏肯自媒？肯為君王卷土來？

〔否〕（不）

古　詩

叔兮今安否？更得賈生否？能復識此不？
君能酩町相隨否？

律　詩

杖策還能訪我不？能免高人笑我不？亦有他人繼我不？
壯觀當時有此不？

絕　句

前程好景解吟否？把臂道人今在否？醉鄉歧路君知否？

〔無〕

古　詩

能無讀書伴？

律　詩

能明吾意可無人？可無音問及滄浪？

絕　句

君家有此無？
清香得似舊時無？此中端有臥龍無？爲問漁人得意無？

〔胡〕

古　詩

胡爲太多知？胡爲慕攀踏？胡爲嬉遊人？
忽憶歸雲胡爲哉？胡爲我輩坐自苦？

〔詎〕

古　詩

救世詎無術？詎知遠遊傷？百憂詎能追？

律　詩

太平詎可致？蕪音詎可攀？

〔非〕

古　詩

地下相逢果是非？

律　詩

更問田園果是非？

絕　句

黨錮紛紛果是非？

〔敢〕

古　詩

一畫敢辭卜？

律　詩

敢嗟吾道獨難行？自顧窮愁敢角才？

〔底〕

律　詩

政在房陵成底事？

絕　句

地偏緣底綠？

借問春歸有底忙？

〔其他〕

古　詩

自喻適志歟？這個是甚麼？奚爲鮮眺覽？

第十節　善用語助

語助之用，於古有之，文心雕龍章句篇採其源而究其用曰：「詩人以兮字入於句限，楚辭用之，字出句外。尋兮字成句，乃語助餘聲，舜詠南風，用之久矣；而魏武弗好，豈不以無益文義耶？至於夫、惟、蓋、故者，發端之首唱；之、而、於、以者，乃剳句之舊體；乎、哉、矣、也，亦送末之常科。據事似閑，在用實切；巧者迴運，彌縫文體，將令數句之外，得一字之助矣。外字難謬，況章句歟？」

　　錢默存《談藝錄》稱：「荊公五七古善用語助，有以文爲詩渾灝
古茂之致，此秘尤得昌黎之傳，昌黎薈萃諸家句法之長，充類至盡，
窮態極妍。」可知王詩語助之用，其來有自。茲錄舉古體中用語助者
如下，以見一般：

〔對仗者〕

　　　　叔兮今安否？季也來何遲？（夜夢與和甫別，如赴北京時）
　　　　揣床纏堪比互礫，當粟豈肯捐斗升。（同王濬賢良賦龜得升字）
　　　　糝頭腥臊何足嗜？曳尾污穢適可憎。（同上）
　　　　盛溲除聾豈必驗，踏背出險安敢憑。（同上）
　　　　刳腸以占幸無事，卷殼而食病未能。（同上）
　　　　溪山寧有此，園屋諒非今。（奉酬約之見招）
　　　　君胸寒而瘖，我齒熱以搖。（贈約之）
　　　　占歲以知子，將勤而後食。（寄楊德逢）
　　　　桓溫適自斃，符堅方天厭。（遊土山示蔡天啓）
　　　　且可緩九錫，寧當快一捷。（同上）
　　　　牽襟肘即見，著帽耳才擘。（同上）
　　　　默臥如有懷，荒乘豈無興。（示寶覺）
　　　　卉花何其多，天關亦已稠。（霾風）
　　　　釋杖聊一憩，褰裳如可涉。（自喩）
　　　　惜哉淪中路，怨者爲悲傷。（諸葛武侯）
　　　　說窮且版築，尹屈唯烹飪。（酬王伯虎）
　　　　懷哉山川異，往矣雪霰稠。（解使事泊棠陰時三弟皆在京師二首）
　　　　溪澗之日短，江海之日長。（孫長倩歸輝州）
　　　　人將伺其殆，奴輒告之巫。（同昌叔賦雁奴）
　　　　飄零乍若蛾赴燈，驚擾端如蟻旋磨。（和王樂道烘虱）
　　　　駕言發富藏，云以救鰥悍。（發廩）
　　　　先生不試乃能爾，誠令得志如何哉？（寄贈胡先生）
　　　　不惟羞把鏡，仍亦愁弔影。（汝瘦和王仲儀）

〔複虛字者〕

　　　　於焉可晤語。（夜夢與和甫別，如赴北京時）

李也亦淑靈。（寄吳氏女子）

念子且行矣。（邀望之過我廬）

吾亦豈久長。（新花）

豈予久忘之。（泝亭）

已矣可兩忘。（新花）

且飲且田獵。（遊土山示蔡天啓）

從容與之語。（再用前韻寄蔡天啓）

知微迺如諜。（同上）

豈如私鬥怯。（用前韻戲贈葉致遠直講）

相與驗其眞。（贈李士雲）

自得而已矣。（書八功德水庵）

能無懼而已。（擬寒山拾得二十首之十九）

悲哉作勞亦已久。（獨歸）

與之相往返。（車載板）

豈惟賓至得清坐。（秋熱）

近跡以觀之。（雜詠八首之一）

況乃公與卿。（雜詠八首之六）

用力已云多。（雜詠八首之八）

孔子而已矣。（讀墨）

固未知之耳。（同上）

老矣誰與娛。（即事六首之四）

此事今已矣，已矣尚誰知。（思王逢原）

永懷古人今已矣，感此逝世何爲哉。（寄王逢原）

萬事亦已拙。（青青西門槐）

惜哉命之窮。（杜甫畫像）

推公之心古亦少。（同上）

此事今已矣。（傷杜醇）

其聲與節急以浮。（哭梅聖俞）

外慕紛紛吾已矣。（示平甫弟）

惜哉術之窮。（寓言十五首之四）

惜哉彼狂以文鳴。（彼狂）

如留豈吾吝。（和農具詩十二首之二一颶扇）

於焉寄殘齒。（送董伯懿歸吉州）

浩蕩與之俱。（客至當飲酒二首之一）

陰濕與之戰。（疥）

鶂首巳云北。（別馬秘丞）

永矢終焉爾。（鮑公水）

賞託亦云健。（答曾子固南豐道中所寄）

澶淵乃其地。（澶州）

談藝錄又謂「昌黎亦喜用『而』字，尤善用『而我』字………荊公用『而我』字無不佳，如寄耿天騭云，『而我方渺然，長波一歸艇』，邀望之過云，『豈魚有此樂，而我與子無』，洊亭云：『豈予久忘之，而欲我小停』，夢黃吉甫云：『豈伊不可懷，而使我心往』，車載板云，『而我更歌呼，與之相往返』，送張拱微云，『嗟人皆行樂，而我方坐愁』，觀此諸例，即師唱誰家曲，宗風嗣阿誰，斷可識矣。」西江詩話亦載安石用「而」字之妙曰：「公在歐公坐，送裴如晦知吳江，以黯然銷魂，惟別而已分韻，時主客八人，子美、平甫、老蘇、聖俞、姚子、張焦、伯強也，老泉得而字押『談詩究乎而』，荊公又作而字二詩，一：『采鯨抗波濤，風作鱗之而』，蓋用考工記瓬人深其爪出其目，作其鱗之而（注之而頰頷）一：『春風垂虹亭，一杯湖上持；傲兀河濱客，兩忘我與而』，座中服其工敏。」（按甌北詩話亦弔芥隱筆談記此而稍異）

至於對仗之用語助，除古詩，五絕〈偶書〉之「雄也營身足，聊兮誤汝多」偶一見之外，多用於律體，五律如：

暮嶺巳佳色，寒泉仍好音。（山行）

百年唯有且，萬事總無如。（晝寢）

桑楊巳零落，藻荇亦銷沈。（與道原遊西庵二首之一）

七律如：

問訊桑麻憐巳長，按行松菊喜猶存。（歲晚懷古）

老羆豈得長高臥，雛鳳仍聞巳間生。（輒次公闢韻書）

拙於人合且天合，靜與道謀非食謀。(次韻酬朱昌叔五首之一)

氈廬易以梅蒸壞，錦幄終於草野妨。(紙閣)

雅頌兼陳為四始，笙歌合奏以三終。(次韻吳沖卿聽讀詩義)

並轡趁朝今巳老，連墻得屋喜如初。(和吳相公東府偶成)

男兒獨患無名爾，將相誰云有種哉。(李璋下第)

第五章　分　論

第一節　政治詩

　　安石一心奉公，以天下爲己任，不計世俗之毀譽，答曾鞏書以爲：「人習於苟且非一日，士大夫多以不恤國事，同俗自媚於眾爲喜。上乃欲變此，而某不量敵之眾寡，欲出力助上以抗之，則眾何爲而不洶洶。」擇善固執之心，溢於言表。故其詩多反映生民疾苦，而以養民爲本，如〈送呂望之赴臨江〉詩：「黃雀有頭顱，長行萬里餘；想因君出守，暫得免苞苴。」碧溪詩話云：「荊公此詩纔二十字耳，崇仁愛，抑奔競皆具焉，何以多爲？能行此言，則虐生類以飽口腹，刻疲民以肥權勢者寡矣。」〈促織〉詩：「祇向貧家促機杼，幾家能有一絇絲。」嚴復評：「此言民力未充，徒爲聚斂之無益也。」故碧溪詩話謂：「世之嚴督征賦而不恤疲瘵之有無者，雖魁然其形，實微蟲智耳。」

　　〈元旦〉詩：「爆竹聲中一歲除，春風送暖入屠蘇；千門萬戶瞳瞳日，總把新桃換舊符。」以暖風和日寓澤民之意，以新桃舊符喻鼎革之具。〈彼狂〉云：「伏犧畫法作後程，漁蟲獵獸寬群爭；勢不得已當經營，非以示世爲聰明。」俱可見其變法之決心。

　　揆其變法之故，實緣悲天憫人，民胞物與之情而起，〈獨歸〉云：「鍾山獨歸雨微冥，稻畦夾岡半黃青。陂農心知水未足，看雲倚木車

不停。悲哉作勞亦已久，暮歌如哭難爲聽。」〈太白巖〉：「生民何由
得處所，與茲漁鳥相諧熙。」〈禿山〉云：「嗟此海中山，四顧無所投。
生生未云已，歲晚將安謀。」〈河北民〉云：「河北民，生近二邊長苦
辛。家家養子學耕織，輸與官家事夷秋。今年大旱千里赤，州縣仍催
給河役。老小相攜來就南，南人豐年自無食。悲愁白日天地昏，路傍
過者無顏色。汝生不及貞觀中，斗粟數錢無兵戎。」均爲生民請命、
關懷民隱之社會詩也。

安石以政治之雄傑，兼文章之宗匠，政治詩固爲其特色，尤可藉
此窺見其於政事之主張，茲分財政、軍事、教育三方面以論之：

〔財政類〕

（一）茶　法

嘉祐三年行榷茶之法，禁民私畜販，官茶所在陳積，縣官獲利無
幾，論者皆謂宜弛禁便，恣茶戶買賣，安石〈議茶法〉一文謂：「夫
茶之爲民用，等於米鹽，不可一日以無，而今官場所出，皆粗惡不可
食；故民之所食，大率皆私販者。」故以爲：「國家罷榷茶之法，而
使民得自販，於方今實爲便，於古義實爲宜。」詩詔遣司封員外郎王
靖（詹叔）等分行六路，安石詩〈酬王詹叔奉使江東訪茶法利害見寄〉
一首云：「余聞古之人，措法貽厥後。命官惟賢材，職事又習狃。止
能權輕重，王府則多有。豈嘗權其子，而爲民父母。當時所經營，今
十已毀九。其一雖幸在，漂搖亦將朽，公卿患難才，州縣固多苟。詔
令雖數下，紛紛誰與守。官居甚傳舍，位以聲勢受。既不責施爲，安
能辨賢不。區區欲救弊，萬謗不容口。天下大安危，誰當執其咎。勞
心適有罪，養譽終天醜。豈惟祖子孫，教戒及朋友。貴者大其領，詩
人歌四牡。至尊空獨憂，不敢樂飲酒，哿矣富阡陌，哀哉此無糗。鄉
閭人所懷，今或棄而走。豈無濟時術，使爾安畎畝。故今二三公，戮
力思矯揉。永惟東南害，茶法蓋其首。私藏與竊販，犴獄常紛糾。輸
將一不足，往往死鞭狃。敗陳被雜惡，強賣曾非誘。已云困關市，且

復搔林藪。將更百年弊，謂民知可否。出節付群材，詢謀欲經久。朝廷每如此，自可躋仁壽。因知從今始，漸欲人財阜。吾宗恢奇士，選使自朝右。聰明諒多得，爲上歸析剖。王程雖薄遽，邦法難鹵莽。願君博諮諏，無擇壯與耉。余知茶山民，不必生皆厚。獨當征求任，尚恐難措手。孔稱均無貧，此語今可取。譬如輕萬鈞，當令眾人負。強言豈宜當，聊用報瓊玖」。詩意謂欲剗百代之弊，而復堯舜之功，縱受萬謗之譏，亦無所反顧；而茶山之民，不必皆富，深恐徵求無措，則逆料於未弛禁之先。恫瘝在抱，惓惓之情至切；故胡漢民詩謂之曰：「救弊難辭萬謗傷，勞心養譽眾旁皇；歌詩獨念茶山賦，有術何曾挾管商。」

（二）鹽 政

〈上運使孫司諫書〉言：「伏見閣下令吏民出錢，購人捕鹽，竊以爲過矣。海旁之鹽，雖日殺人而禁之，勢不止也。今重誘之，使相捕告，則州縣之獄必蕃，而民之陷刑者將眾。無賴姦人，將乘此勢於海旁漁業之地，搔動艡戶，使不得成其業；艡戶失業，則必有合而爲盜賊殺以相仇者，此不可不以爲慮也。」此言禁鹽緝私亦非根本之策，故〈收鹽〉詩云：「州家飛符來比櫛，海中收鹽今復密。窮囚破屋正嗟欷，吏兵操舟去復出。海中諸島古不毛，島夷爲生今獨勞，不煎海水餓死耳，誰肯坐守無亡逃。爾來盜賊往往有，卻殺賈客沈其艘。一民之生重天下，君子忍與爭秋毫。」此謂島夷之民，不煎海則無從得食，而官又禁之，是逼民爲盜耳，故以爲禁者宜稍寬之，使民得遂其生乃可，靄然仁者之言，誠如胡漢民詩所稱：「術窮摧子父如何，就海收鹽政已苛；更使百年專一壑，貧民餓死富民歌。」宜乎荊公之大聲疾呼，爲民請命矣。

（三）開 河

安石宰鄞時，嘗有〈上杜學士言開河書〉云：「某爲縣於此，幸歲大穰，以爲宜乘人之有餘，及其暇時，大浚治川渠，使有所豬，可

以無不足水之患，而無老壯稚少，亦皆懲旱之數，而幸今之有餘力，聞之翕然皆勸趨之，無敢愛力。」亟言河渠之利，宜浚溁之。至其有關開河之詩有二：

〈和吳御史汴渠詩〉：「鄭國欲弊秦，渠成秦富強。本始意已陋，末流功更長。維汴亦如此，浚源在淫荒。歸作萬世利，誰能弛其防，夷門築天都，橫帶國之陽。漕引天下半，豈云獨荊揚。貨入空外府，租輸陳太倉。東南一百年，寡老無殘糧。自宜富京師，乃亦窘蓋藏。征求過夙昔，機巧到蓬芒。御史閔其然，志欲窮舟航，此言信有激，此水存何傷。救世距無術，信傳自先王，念非老經綸，豈易識其方。我懶不足數，君材宜自強。他日聽施設，無乃棄篇章。」汴渠即隋煬帝所鑿通濟渠，引黃河入汴，自大梁之東，引入泗，連於淮，甚利京師搜刮民脂之便，御史吳中復憫之，意欲廢除，安石以為汴渠之利多而弊少，不可因噎廢食，當別求救弊之術也。

〈河勢〉詩：「河勢浩難測，禹功傳所聞，今觀一川破，復以二渠分。國論終將塞，民嗟亦已勤。無災等難必，從眾在吾君。」係因宋仁宗慶曆八年，浚二股五股二河，紓恩冀水災，神宗熙寧二年，張鞏等欲塞二股河北流，司馬光以為宜緩，神宗用鞏言，安石於回河之議，初無所主，故云「無災等難必，從眾在吾君。」

（四）兼　并

荊公之志，在制兼并濟貧乏，變通天下之財，以富其民，而致天下於治，故嘗詠〈兼并〉詩曰：「三代子百姓，公私無異財。人主擅操柄，如天持斗魁。賦予皆自我，兼并乃姦回，姦回法有誅，勢亦無自來。後世始倒持，黔首遂難裁。秦王不知此，更築懷清臺。禮義日已偷，聖經久堙埃。法尚有存者，欲言時所咍。俗吏不知方，掊克乃為材。俗儒不知變，兼并可無摧。利孔至百出，小人私闔開。有司與之爭，民愈可憐哉。」〈寓言十五首〉其三云：「婚喪孰不供，貸錢免爾縈；耕收孰不給，傾粟助之生。物贏我收之，物窘出使營；後世不

務此，區區挫兼并。」〈發廩〉詩亦謂：「先王有經制，頒賚上所行。後世不復古，貧窮主兼并。非民獨如此，爲國賴以成。築臺尊寡婦，入粟至公卿。我嘗不忍此，願見井地平。大意苦未就，小官苟營營。三年佐荒州，市有棄餓嬰。駕言發富藏，示以救鰥惸。崎嶇山谷間，百室無一盈。鄉豪已云然，罷弱安可生。茲地昔豐實，土沃人良耕。他州或哲矣，貧富不難評，豳詩出周公，根本詎宜輕。願書七月詩，一寤上聰明。」詩意皆求均貧富，爲後日施行青苗均輸之張本。公意以挫兼并爲志，而李注乃謂：「公詩嘗云，俗儒不知變。兼并可無摧，而寓言詩乃復以挫兼并爲非」，蓋寓言詩爲探本之論，語意至顯，李注不達其旨，乃摭末二句：「後世不務此，區區挫兼并」爲言，致有斯誤，故胡漢民詩辨之曰：「貸錢傾粟助之生，探本爲謀義自明；一事青苗難放過，翻疑無意挫兼并。」

蘇軾〈詩病五事〉中曾力斥安石挫兼并之非曰：「今州縣之間，隨其大小，皆有富民，此理勢之所必至，所謂物之不齊，物之情也。然州縣賴之以爲強，國家恃之以爲固，非所當憂，亦非所當去也。能使富民安其富而不橫，貧民安其貧而不匱，貧富相恃以爲長久，而天下定矣。王介甫小丈夫也，不忍貧民，而深疾富民，志欲破富民以惠貧民，不知其不可也。方其未得志也，爲兼并之詩……及其得志，專以此爲事，設青苗法，以奪富民之利，民無貧富，兩稅之外，皆重出息十二，吏緣爲姦，至倍息，公私皆病矣。呂惠卿繼之作手實之法，私家一毫以上，皆籍於官，民知有奪取之心，至於賣田殺牛，以避其禍。朝廷覺其不可，中止不行，僅免於亂，然其徒世守其學，刻下媚上，謂之享上，有一不享上，皆廢不用。至於今日，民遂大病，原其禍，出於此詩，蓋昔之詩病，未有若此酷者也」。容齋隨筆亦謂，「安石不忍貧民，而深疾富民，志欲破富以惠貧，嘗賦兼并詩一篇……其語絕不工。迨其得政，設青苗法以奪富民之利，民無貧富，皆重出息十二，呂惠卿復作手實之法，民遂大病，其禍源於此詩，蘇子由以爲昔之詩病，未有若此其酷也，痛哉！」二氏所論不免偏激，

故詩林廣記載熊勿軒之辨云：「按此詩未盡如蘇氏之譏，抑強扶弱，必如明道橫渠之議而後可，行之以青苗手實則非也。究蘇氏之說，則富者跨州連縣，安得而不橫？貧者將無立錐，安得而不匱？上不爲限制，何有紀極？斯民又何日蒙先王至治之澤也？」

安石欲以調劑社會經濟之權柄，歸於國家，以節制人民私有財產制度，在當時自做不到，然其所持說，蓋有近於今世所謂社會主義。夫以歐美近百年來始稍發明，以爲太平極軌之道，而介甫乃早已試之千年之前，其見可謂卓矣。

至如天豐政治之美，豐登之饒，尤可悉見於其詩中：

〈元豐行示德逢〉

四山翛翛映赤日，田背坼如龜兆出。湖陰先生坐草室，看踏溝車望秋實。雷蟠電掣雲滔滔，夜半載雨輸亭皐。旱禾秀發埋牛尻，豆死更蘇肥莢毛。倒持龍骨掛屋敖，買酒澆客追前勞。三年五穀賤如水，今見西成復如此。元豐聖人與天通，千秋萬歲與此同。先生在野固不窮，擊壤至老歌元豐。

〈後元豐行〉

歌元豐，十日五日一雨風。麥行千里不見土，連山沒雲皆種黍。水秧綿綿復多稌，龍骨長乾掛梁梠。鰣魚出網蔽州渚，荻筍肥甘勝牛乳。百錢可得酒斗許，雖非社日長聞鼓。吳兒踏歌女起舞，但道快樂無所苦。老翁塹水西南流，楊柳中間杙小舟，乘興敧眠過白下，逢人歡笑得無愁。

〈歌元豐五首〉

水滿陂塘穀滿篝，漫移蔬菓亦多收，神林處處傳簫鼓，共賽元豐第一秋。

露積山河百種收，漁梁亦自富蝦鰌。無羊說夢非眞事，豈見元豐第二秋。

湖海元豐歲又登，旅生猶足暗溝塍。家家露積如山壠，黃髮咨嗟見未曾。

放歌扶杖出前林，遙和豐年擊壤音。曾侍玉墀知帝力，曲
中時有譽堯心。

豚柵雞塒掩靄間，暮林搖落獻南山。豐年處處人家好，隨
意飄然得往還。

〔軍事類〕

安石以法家之功利思想，斥性理之空談，究富強之實務，故以
爲宋之兵雖多而無用，蓋因「兵士雜於疲老，而未嘗申勅訓練；又
不爲之擇將，而久其疆場之權。」（全集卷四一本朝百年無事箚子），
故兵冗而驕惰，將濫而不材，如梁任公所云：「宋以養兵敝其國，擁
百餘萬之兵，所費居歲入三之二，而不能以一戰。」安石以爲救弊
之方，莫急於省兵擇將，苟擇將得入，則兵少而精，方是省兵之道，
其對於當時兵政之意見，自〈省兵〉一詩可見之：「有客語省兵，兵
省非所先。方今將不擇，獨以兵乘邊。前攻已破散，後距方完堅。
以眾亢彼寡，雖危猶幸全。將既非其才，議又不得專。兵少敗孰繼，
胡來飲秦川。萬一雖不爾，省兵當何緣。驕惰習已久，去歸豈能田。
不田亦不桑，衣食猶兵然。省兵豈無時，施置有後前。王功所由起，
古有七月篇。百官勤儉慈，勞者已息肩。游民慕草野，歲熟不在天。
擇將付以職，省兵果有年。」此後居相位，立保甲保馬，諸路更戍
諸法，皆祖述此詩意，雖不反對省兵，然亦不和文龐當日議論，故
胡漢民詩言：「患留西北歲乘邊，朝野勞勞望息肩；賣劍買牛非易事，
省兵議未附時賢。」

〔教育類〕

荊公論詩主明道適用，而不斤斤於字義之辨，故有〈韓子〉詩云：
「紛紛易盡百年身，舉世何人識道眞；力去陳言誇末俗，可憐無補費
精神。」蓋譏愈之廢日力於無用之地也。而於進士之沉溺詩賦而疏於
經術，習爲浮華而無當大道之行，尤爲不滿，欲試經義以革士風之詞，
屢著乎詩文，如〈寓言十五首〉其八：「始就詩賦科，雕鑴久才成；

一朝復棄之，刀筆事刑名。中材弊末學，斯道苦難名；忽貴不自期，何施就升平。」李注云：「言士之學既陋，一日爲公卿，探其中無有也，何術而能致升平哉。」〈讀進士試卷〉云：「文章始隋唐，進取歸一律。安知鴻都事，竟用程人物。變今嗟未能，於己空自咄。流波亦已漫，高論常見屈。故今俶儻士，往往棄堙鬱。皋陶敍九德，固有知人術。聖世欲爾爲，徐觀異人出。」

韻語陽秋稱：「荊公以詩賦決科，而深不樂詩賦……熙寧四年預政，遂罷詩賦，專以經義取士，蓋平日之志也。」此見於〈試院五絕〉之一：「少時操筆坐中庭，子墨文章頗自輕；聖世選才終用賦，白頭來此試諸生。」暨〈詳定試卷二首〉其一：「簾垂咫尺斷經過，把卷空聞笑語多。論眾勢難專可否，法嚴人更謹誰何。文章直使看無類，勳業安能保不磨。疑有高鴻在寥廓，未應回首顧張羅。」其二：「童子常誇作賦工，暮年羞悔有楊雄。當時賜帛倡優等，今日論才將相中，細甚客鄉因筆墨，卑於爾雅注魚蟲。漢家故事眞當改，新詠知君勝弱翁。」

第二節　佛理詩

安石生於佛教盛行之時，深受時潮感染，罷相後與禪僧過從尤密，對於佛學，有甚深之研究與獨到之見解，宋釋惠洪林間錄載：「文公方大拜，賓客塞門，公默坐甚久，忽題於壁間曰：『霜筠雪竹鍾山寺，投老歸歟寄此生』。又元宵賜宴於相國寺，觀徘優，坐客歡甚，公爲作偈曰：『諸優戲場中，一貴復一賤；心知本自同，所以無欣怨。』予嘗謂同學曰：「此老人通身是眼，瞞渠一點也不得。」

因其於佛書經典之深湛造詣，故或引佛語入詩，或融佛理爲詩，詩集中固多與禪僧贈答之作，尤多談玄說理之什，梁任公以爲：「此雖非詩之正宗，然自東坡後，鎔佛典語以入詩者頗多，此體亦自公導之也。」茲擇要略舉數首以明之：

〈即事二首〉

> 雲從鍾山起，卻入鍾山去；借問山中人，雲今在何處。
>
> 雲從無心來，還向無心去；無心無處尋，莫覓無心處。

蔣復璁〈王安石〉一文以爲：「此二詩全類禪家機鋒語，可作蘇子瞻所謂晚師瞿聃之證。」

〈擬寒山拾得二十首〉其一：

> 牛若不穿鼻，豈肯推人磨；馬若不絡頭，隨宜而起臥。乾
> 地終不浼，平地終不墮，擾擾受輪廻，祇緣疑這個。

祇用莊子秋水篇：「北海若曰，牛馬四足是謂天；絡馬首，穿牛鼻，是謂人。」之意，以乾地平地說境，不浼不墮說自心，苟認明「這個」（指明心見性之性），謹守而勿失，則可以心御境而反其眞，故嚴復詩稱：「可見輪廻者，皆因不自由；若令得自由，濕險亦無憂。」

〔其二〕

> 我曾爲牛馬，見草豆歡喜。又曾爲女人，歡喜見男子，我
> 若眞是我，祇合長如此。若好惡不定，應知爲物使。堂堂
> 大丈夫，莫認物爲己。

此詩戒人認明眞我，莫認物爲己，致爲物所使也，比形骸爲外物，本心爲眞如，與鄭蘇戡五古：「丁叔珩畫便面見貽，以詩答之」之譬形骸爲衣襦同意，其詩曰：「形骸本死器，神識來寄居。持此遊人間，如體著衣襦。少壯實美服，意氣豪且粗。老病服漸敝，瑟縮情不愉。夫何久喪我，從渠作榮枯……。」

〔其四〕

> 風吹瓦墮屋，正打破我頭。瓦亦自破碎，豈但我血流。我
> 終不嗔渠，此瓦不自由。眾生造眾惡，亦有一機抽。渠不
> 知此機，故自認愆尤。此但可哀憐，勸令眞正修。豈可自
> 迷悶，與渠作冤讎。

詩意謂人受機抽（物慾）所牽，隨順軀殼起念，故不免愆尤而造眾惡，猶瓦之因風而墮，固非其本性，故縱打破我頭，亦不嗔渠，唯但哀而憐之，勸令眞修。此以愛與恕爲出發點，陳義甚高，讀之使人矜躁悉

平，冤親齊觀矣。

〔其六〕

> 人人有這個，這個沒量大。坐也坐不定，走也跳不過。鋸
> 也解不斷，鎚也打不破。作馬便搭鞍，作牛便推磨。若問
> 無眼人，這個是什麼。便遭伊纏繞，鬼窟裏忍餓。

「這個」即自性，徧周沙界，能生萬物，故其大沒量，惜乎世人無眼，未解其趣，自墮魔障，不免淪爲地獄餓鬼矣。嚴復詩稱曰：「若說這個有，所見便已小。若說這個無，出語成糊塗。非有非無間，如如說涅槃。」

〈吾心〉

> 吾心童稚時，不見一物好；意言有妙理，獨恨知不早。初
> 聞守善死，頗復吝肝腦；中稍歷艱危，悟身非所保。猶然
> 謂俗學，有指當窮討；晚知童稚心，自足可忘老。

此詩乃安石悟道之歷程，由少及壯而老，各有所得。至晚年始悟童稚之心，渾然天理，守善自足，便可忘老。劉辰翁評謂：「輾轉發明，甚有警發，他人不到。」

〈**傳神自讚**〉

> 此物非他物，今吾即故吾；今吾如可狀，此物若爲摹。

〈**真傳**〉（一作傳神自讚）

> 我與丹青兩幻身，世間流轉會成塵；但知此物非他物，莫
> 問今人猶昔人。

鍾山定林菴昭文齋，李伯時嘗畫安石像於壁，此安石自題像讚也。嚴復云：「此物即耶教所謂靈魂，佛家所謂元妙明性，哲家所謂眞我。」語出傳燈錄：「明州大梅山法常禪師，從容間復聞鼯鼠聲，師云：『即此物，非他物，汝等諸人善護持之，吾今逝矣。』言訖示滅。」「昔人」則用莊子：「吾猶昔人非昔人。」之典故。

〈次吳氏女子韻〉其二

> 秋燈一點映籠紗，好讀楞嚴莫念家，能了諸緣如夢事，世
> 間唯有妙蓮花。

此安石次韻其女之詩,冷齋夜話載:「舒王女,吳安持妻,蓬萊縣君,工詩多佳句,有詩寄舒王曰:『西風不入小窗紗,秋氣應憐我憶家;極目江南千里恨;依然和淚看黃花。』舒王以楞嚴經新釋付之,并和云云。」

第三節　詠史詩

安石詠史詩多用翻案手法及借古比今,精闢中肯,峻刻切實,故艇齋詩話亟讚曰:「荊公詠史詩,最于義理精深。如留侯詩,伊川謂說得留侯極是。予謂武侯詩,說得武侯亦出。又如范增詩云:『有道弔民天即助,不知何用牧羊兒。』又『誰合軍中稱亞父,直須推讓外黃兒』。詠史詩有如此等議論,它人所不能及。」麓堂詩話云:「王介甫點景處,自謂得意,然不脫宋人習氣。其詠史絕句,極有筆力,當別用一具眼觀之。若商鞅詩,乃發洩不平語,于理不覺有礙耳。」韻語陽秋亦謂:「司馬遷游江淮汶泗之境,紬金匱石室之書,而作史記,上下數千年,殆如目睹,可謂孤拔。初遭李陵之禍,不肯引決而甘腐刑者,實欲效離騷,呂覽,說難之書以抒憤悱。故荊公詩云:『嗟子刀鋸間,悠然止而食。成書與後世,憤悱聊自釋。』觀史記評贊於范睢、蔡澤,則曰:二子不困戹,烏能激乎!於季布則曰:彼自負才,故受辱而不羞。於虞卿則曰:虞卿非窮愁則不能著書以自見。於伍員則曰:隱忍以就功名。至於作貨殖,游俠二傳,則以家貧不能自贍,左右親戚不為一言而寄意焉,則荊公釋憤悱之言,非虛發也。」又載:「漢元帝時,洪恭、石顯用事,京房、劉向皆深嫉之,嘗上書力詆,蓋薰蕕冰炭不能以共處,理之必然也。然房欲淮陽王為己助,代王作求朝奏章;向令外親上疏,謂小人在朝以致地動;雖嫉惡之心切然,於中實亦少貶矣。使二子果輸忠於漢,當明目張膽論至再三可也,何暇為身謀而假之於他人哉?故荊公詩云:『京房劉向各稱忠,詔獄當年迹自窮。畢竟論心異恭顯,不妨迷國略相同。』後之論人物者,倘

取其心而略其迹，則善矣。」

茲再舉數首以觀其要：

〈張良〉

> 留侯美好如婦人，五世相韓韓入秦。傾家為主合壯士，博浪沙中擊秦帝，脫身下邳世不知，舉世大索何能為。素書一卷天與之，穀城黃石非吾師。固陵解鞍聊出口，捕取項羽如嬰兒。從來四皓招不得，為我立棄商山芝。洛陽賈誼才能薄，擾擾空令絳灌疑。

方東樹謂此詩乃安石自況。王文濡曰：「遇猜忌之主，而能以功名終，自是高人一著，結以賈誼作陪，尤寓無窮悲慨。」王應麟困學紀聞稱：「眞文忠公（龔德莊詠古詩序）曰：「杜牧之，王介甫賦息嬀，留侯等作，足以訂千古是非。」按安石另有「張良」絕詩一首云：「漢業存亡俯仰中，留侯於此每從容；固陵始議韓彭地，複道方圖雍齒封。」

〈明妃曲二首〉

〔其一〕

> 明妃初出漢宮時，淚濕春風鬢腳垂。低徊顧影無顏色，尚得君王不自持。歸來卻怪丹青手，入眼平生未曾有。意態由來畫不成，當時枉殺毛延壽。一去心知更不歸，可憐著盡漢宮衣。寄聲欲問塞南事，祇有年年鴻雁飛。家人萬里傳消息，好在氈城莫相憶。君不見咫尺長門閉阿嬌，人生失意無南北。

〔其二〕

> 明妃初嫁與胡兒，氈車百兩皆胡姬。含情欲語獨無處，傳與琵琶心自知。黃金捍撥春風手，彈看飛鴻勸胡酒。漢宮侍女暗垂淚，沙上行人卻回首。漢恩自淺胡自深，人生樂在相知心。可憐青塚已蕪沒，尚有哀絃留至今。

明妃曲作者甚多，歐陽永叔亦有和詩，石林詩話載，歐公一日被酒語其子棐曰：「吾詩盧山高今人莫能為，惟李太白能之；明妃曲後篇太白不能為，惟杜子美能之；至於前篇則子美亦不能為，惟吾能之也。」

其自負如此，然胡苕溪則曰：「余觀介甫明妃曲二首，辭格超逸，誠不下永叔。」

明妃曲之作，有讚之者，如吳北江稱「低徊顧影無顏色，尙得君王不自持」，爲「深文曲致」，「意態由來畫不成，當時枉殺毛延壽」，據日知錄卷廿五曰：「畫工之圖後宮，乃平日而非匈奴求美人時，且毛延壽特眾中之一人，又其得罪以受賂，而不獨以昭君也。後來詩人謂匈奴求美人，乃使畫工圖形，而又但指毛延壽一人，且沒其受賂事，失之矣。」然介甫此詩卻無此失，且用意高絕，故吳北江謂此詩「矜鍊深雅，殆勝歐作。」高步瀛評：「託意甚高，非徒以翻案爲能。」「君不見咫尺長門閉阿嬌，人生失意無南北」句，劉須溪評：「但見藹然無嫌南北。」「可憐青塚已蕪沒，尙有哀絃留至今」，劉評：「卻如此結，神情俱歛，深得樂府之體，惟張籍唐賢，間或如此。」

此詩雖謂造句用字，激蕩有力，上追太白，極騷雅飄逸之致，然其中：「咫尺長門閉阿嬌，人生失意無南北」，「漢恩自淺胡自深，人生樂在相知心」，深引起非議：

> 王漁洋曰：「荆公狠戾之性，見於其詩文，可望而知，如明妃曲等不一其作。」（詩學）

黃山谷云：「往歲嘗與王深父語此詩，以爲詞意深盡，深父曰：『不然，孔子云，夷狄之有君，不如諸夏之亡也。人生失意無南北，此語非是』，深父斯言可謂忠孝之心矣。」（詩林廣記）歸田詩話：「詩人詠昭君者多矣，大篇短章，率敍其離愁別恨而已，惟樂天云：『漢使欲回憑寄語，黃金何日贖蛾眉；君王若問妾顏色，莫道不如宮裡時』。不言怨恨，而惓惓舊主，高過人遠甚，其與『漢恩自淺胡自深，人生樂在相知心』者異矣。」

甌北詩話：「漢恩自淺胡自深，人生樂在相知心」，則更悖理之甚。推此類也，不見用於本朝，便可遠投外國，曾自命爲大臣者，而出此語乎？」

羅大經鶴林玉露，謂其悖理傷道，又曰：「苟心不相知，臣可以

叛其君，妻可以棄其夫矣。」

李注：「范沖（元長）對高宗嘗云，臣嘗於言語文字之間，得安石之心，然不敢與人言。且如詩人多作明妃曲，以失身胡虜爲無窮之恨，讀之者至於悲愴感傷。安石爲明妃曲則曰，漢恩自淺胡自深，人生樂在相知心，然則劉豫不是罪過，漢恩淺而虜恩深也。今之背君父之恩，投拜而爲盜賊者，皆合於安石之意，此所謂壞天下人心術。孟子曰，無父無君，是禽獸也，以胡虜有恩而遂忘君父，非禽獸而何。」

高步瀛案：「介甫後篇持論乖戾，范元長對高宗論此詩，直斥爲壞人心術，無父無君，雖不免深文周內，然亦物腐蟲生，偏激之論有以致之，蔡元鳳王荊公年譜考略卷七雖多方辯護，然不能揜其疵也。」

然亦不乏爲介甫辯釋之論，如：

李注：「公語意固非，然詩人務一時爲新奇，求出前人所未道，而不知其言之失也，然范公傅致亦深矣。」

劉評：「正言似反，與小弁之怨同情，更千古孤臣出婦，有口不能自道者，乃從舉聲一慟出之，謂爲背君父，是不知怨也，三復可傷，能令腸斷。」

胡漢民詩：「漢宮圖畫自年年，胡地春深更可憐；要識正言常若反，至今難忘是哀絃」，自注云：「劉辰翁評謂正言似反，舉小弁之怨同情，可云卓識。觀其於此下即續以可憐青塚已蕪沒，尚有哀絃留至今，則語意甚顯，范沖對高宗僅摘此語，遂謂心背君父，蓋極端文致之耳。」

昭昧詹言：「此等題各人有寄託，借題立論而已。如太白只言其乏黃金，乃自歎也。公此詩言失意不在近君，近君而不爲國士知，猶泥塗也。」

劉將孫序：「雁胡箋此詩，尚以明君怨置議論，蓋共正之，然彼詠明君耳，何與大節，而刺劉玭之。」

陳衍曰：「漢恩二句，即與我善者爲善人意，本普通公理，說得太露耳。」

〈桃源行〉

> 望夷宮中鹿爲馬，秦人半死長城下。避世不獨商山翁，亦
> 有桃源種桃者。此來種桃經幾春，採花食實枝爲薪。兒孫
> 生長與世隔，雖有父子無君臣。漁郎漾舟迷遠近，花間相
> 見驚相問。世上那知古有秦，山中豈料今爲晉。聞道長安
> 吹戰塵，春風回首一沾巾。重華一去寧復得，天下紛紛經
> 幾秦。

此詩簡拔深入，嚴削支蔓，深得古詩高崛之趣，方東樹稱：「只用夾
敍夾議，但必有名論傑句，以見寄託」（昭昧詹言）。沈德潛謂：「王
介甫才力頗張，而意味較薄，桃花源一篇外，良楛互見矣」（說詩晬
語）。王士稹評曰：「唐宋以來作桃源行最傳者，王摩詰，韓退之，王
介甫三篇，觀退之介甫二詩，筆力意思甚可喜，及讀摩詰詩，多少自
在，二公便如努力挽強，不免面赤耳熱，此盛唐所以高不可及」（池
北偶談）。

　　東坡謂「世傳桃源事多過其實，考淵明所記，止言先世避秦亂來
此，則漁人所見似是其子孫，非秦人不死者也。」苕溪漁隱曰：「東
坡此論蓋辨證唐人以桃源爲神仙，如王摩詰劉夢得韓退之諸桃源行是
也，惟王介甫桃源行與東坡之論暗合。」

〈謝公墩〉

> 我名公字偶相同，我屋公墩在眼中；公去我來墩屬我，不
> 應墩姓尚隨公。

據六朝事迹載：「謝安墩在半山招寧寺之後，基址尚存，謝安與王羲
之嘗登此，有超然高世之志。太白將營園其上，亦作詩云，冶城訪古
迹，猶有謝安墩。」蔡寬夫詩話謂介甫爭墩之意，亦其平生尙氣之習。
胡苕溪云：「介甫居金陵；作謝安墩絕句，或云介甫性好與人爭，在
廟堂則與諸公爭新法，歸山林則與謝安爭墩，此亦善謔也。」然李壁
則不以爲然，其言曰：「此與暮年專壑語皆風流善謔，冠繼後來，而
俗子以爲資，無不可歎。」故嚴復謂：「此自詩家設趣戲語，顧當日

人乃據此謂作者爲好爭，眞癡人前說不得夢也。」

〈偶書〉

> 穰侯老擅關中事，長恐諸侯客子來；我亦暮年專一壑，每
> 逢車馬便驚猜。

此亦荆公戲言，或另有所指，非眞欲專壑爭墩也，然詩話均以好爭稱
之，如侯鯖錄云：「元豐末，有以王介甫罷相歸金陵後資用不足，達
裕陵睿聽者，上即遣使以黃金二百兩就賜之。介甫初喜，意召己，既
知賜金，不悅，即不受，舉送蔣山修寺，爲朝廷祈福，此詩未能忘情
在丘壑者也。」庚溪詩話曰：「既以丘壑存心，則外物去來，任之可
也，何驚猜之有？是知此老胸中尚蒂芥也。如陶淵明則不然，曰：『結
廬在人境，而無馬車喧；問君何能爾，心遠地自偏。』然則寄心於遠，
則雖在人境，而車馬亦不能喧之；心有蒂芥，則雖擅一壑，而逢車馬，
亦不免驚猜也。」歸田西話亦謂：「公不獨欲專朝廷，雖丘壑亦欲專
而有之，蓋生性然也。」

〈商鞅〉

> 自古驅民在信誠，一言爲重百金輕；今人未可非商鞅，商
> 鞅能令政必行。

此當係罷相後，憾己執政時，未能令政必行，故託諸商鞅以致慨，然
「自古皆有恐，民無信不立」，苟非驅民以誠，政必不永，商鞅以詐
術行霸政，未足以爲法，安石於此猶有間然之意。韻語陽秋謂：「荆
公作商鞅詩云：『今人未可非商鞅，商鞅能令政必行』，余竊疑焉。孔
子論爲君難有曰：如其善而莫予違也，不亦善乎！如不善而莫予違，
不幾乎一言而喪邦乎！蓋人君操生殺之權，志在使人無違我，其何所
不至哉！商鞅助秦爲虐，而乃稱其使政必行，何邪？後又有謝安詩
云：『謝安才業自超群，誤長清談助世紛；秦晉區區等亡國，可能王
衍勝商君』，則知前篇有激而云也。杜子美云：『舜舉十六相，身尊道
何高。秦時用商鞅，法令如牛毛』。則知所去取矣」。歷代詩話考索稱：
「王介甫云：『今人未可非商鞅，商鞅能令政必行』。韻語陽秋雖非之，

卻謂有激而云，不知新法之行，排屏正人，不遺餘力，邪心正是如此」。
均非薄新法之行。觀林詩話亦載楊元素疏論半山云：「臣竊見唐賢，
多以所爲之文，見其人生平行事，如蓍蔡之不謬姓，李紳作閔農詩，
當時文士稱其有宰相器。韓愈稱歐陽詹，亦曰：讀其書，知其慈孝最
隆也。近世丁謂詩，有『天門深九重，終當掉臂入』。王禹稱讚之曰：
入公門，猶鞠躬如也，天門豈可掉臂入乎？此人必不忠。後果如其言。
臣聞王安石文章之名久矣，嘗聞其詩曰：『今人未可非商鞅，商鞅能
令政必行』。今睹其行事，已頗類矣。願陛下詳其言而防其志」。顯係
以人廢言之偏見也。

第四節　詠物詩

　　詠物之詩，要在托物以伸意，詠狀而寫生，忌雕巧，貴遙深，安
石詠物詩之妙，有如漁隱叢話所稱者：「禁臠云，沙草則眾人所謂林
下之物，所與之遊處者，牛羊鷗鳥耳，而荊公造而爲語曰：『眠分黃
犢草，坐占白鷗沙』，其筆力高妙，殆若天成。」

　　蓋安石詠物詩，多言其用而不言其名，此即冷齋夜話所稱「句中
眼」，如「含風鴨綠鱗鱗起，弄日鵝黃裊裊垂」，此言水柳之用，而不
言水柳之名也。又如「繰成白雪桑重綠，割盡黃雲稻正青」，白雪則
絲，黃雲則麥，亦不言其名也。

　　安石詠物詩托意甚深，如〈詠北高峯塔〉云：「飛來峯上千尋塔，
聞說雞鳴見日昇；不畏浮雲遮望眼，自緣身在最高層。」係作於未大
用前，詠塔以自喻。〈雪詩〉云：「勢合便疑包地盡，功成終欲放春回；
農家不念豐年瑞，只欲青天萬里開」。係欲革歷世因循之弊，以新政
化而作。〈詠鴟〉、〈詠魚〉，歸田詩話謂：「荊公詠鴟云：『依倚秋風氣
勢豪，似欺黃雀在蓬蒿。不知羽翼青冥上，腐鼠相隨勢亦高』。又詠
小魚云：『遶岸車鳴水欲乾，魚兒相逐尙相歡，無人挈入滄溟去，汝
死那知世界寬』。二詩皆託物興詞，而有深意」。李注言詩意謂鴟以喻

小人不足道，而又有附之以顯者，猶腐鼠之於鵷也。苕溪漁隱亦載：
「半山老人題雙廟詩云：『北風吹樹急，西日照牖涼』，細詳味之，其
託意深遠，非止詠廟中景物而已。蓋巡遠守睢陽，當時安慶緒遣突厥
勁兵攻之，日以危困，所謂北風吹樹急也。是時肅宗在靈武，號令不
行於江淮，諸將觀望，莫肯救之，所謂西日照牖涼也。此深得老杜句
法，如老杜題蜀相廟詩云，「映階碧草自春色，隔葉黃鸝空好音」，亦
自別託意在其中矣」。茲再舉數首如次：

〈純甫出僧惠崇畫要予作詩〉

> 畫史紛紛何足數，惠崇晚出吾最許。旱雲六月漲林莽，移
> 我倏然墮洲渚。黃蘆低摧雪翳土，鳧雁靜立將儔侶。往時
> 所歷今在眼，沙平水瞻西江浦。暮氣沈舟暗魚罟，欹眠嘔
> 軋如鳴櫓。頗疑道人三昧力，異域山川能斷取。方諸承水
> 調幻藥，洒落生綃變寒暑。金坡巨然山數堵，粉墨空多真
> 漫與。濠梁崔白亦善畫，曾見桃花靜初吐。酒酣弄筆起春
> 風，便恐漂零作紅雨。流鶯探枝婉欲語，蜜蜂掇藥隨翅
> 股。一時二子皆絕藝，裘馬穿羸久羈旅。華堂直惜萬黃金，苦
> 道今人不如古。

方東樹曰：「起二句正點，以一句跌襯，旱雲四句接寫畫，卻深思
沈著曲折奇險如此。往時四句又出一層，而先將此句冠之，與孟子
無若宋人然句法同。沙平以下正昔所歷也，頗疑二句逆捲，筆力何
等奇險？方諸二句敍耳，亦險怪不平如此。金坡二句一襯，濠梁六
句一襯，一時以下賓主雙收作感慨結。通篇用全力千錘百鍊，無一
字一筆懈，如挽百鈞之弩，此可藥世之粗才俗子。」陳衍謂：「後
半帶出崔白，即少陵丹青引爲曹霸帶出韓幹作法。」劉須溪評曰：
「題畫亦是眾意，此獨寫到同時，不惟蕭散，襟度又不可及。比杜
老韓幹又高，真宰相用人意也，故結語極佳，有風有歎。」按五絕
有「惠崇畫」一詩云：「斷取滄州趣，移來六月天；道人三昧力，
變化只和鉛。」

〈白鶴吟示覺海元公〉

> 白鶴聲可憐，紅鶴聲可惡。白鶴靜無匹，紅鶴喧無數。白
> 鶴招不來，紅鶴揮不去。長松受穢死，乃以紅鶴故。北山
> 道人曰，美者自美，吾何爲而喜；惡者自惡，吾何爲而怒。
> 去自去耳，吾何闕而追；來自來耳，吾何妨而拒。吾豈厭
> 喧而求靜，吾豈好丹而非素。汝謂松死吾無依邪，吾方捨
> 陰而坐露。

王士禛池北偶談稱：「當介甫得政變法，爭新法者白鶴也，所謂招
不來者也；呂惠卿之流乃紅鶴也，所謂揮不去者是也。介甫之受穢，
豈不以惠卿輩耶？此老好惡顛倒至此，可憐哉！」此詩原跋謂爲逐
講僧行詳留覺海而作，胡漢民深惜其舉措之晚，故其詩曰：「道人
留聽北山謠，護法無能且自嘲；豈有長松甘受穢，早知紅鶴不堪
招」。

〈日出堂上飲〉

> 日出堂上飲，日西未云休。主人笑而歌，客子歎以愀。指
> 此堂上柱，始生在巖幽，雨露飽所滋，凌雲亦千秋。所託
> 願永久，何言值君收。乃令卑濕地，百蟻上窮鎪。丹青空
> 外好，鎮壓已堪憂。爲君重去之，不使一蟻留。蟻力雖云
> 小，能生萬蚍蜉。又能高其礎，不爾繼者稠。語客且勿然，
> 百年等浮漚。爲客當酌酒，何豫主人謀。

李壁注謂「此詩主以喻君，客以喻臣，堂以喻君，柱以喻臣。堂上主
人居安而忘危，爲客者視其蠹壞已甚，將有鎮壓之憂，爲主人圖所以
弭患，此而不忘君，卷卷之義，更張之念，疑始於此。」翁元圻注困
學紀聞引賀黃公語：「日出堂上飲之詩，摹寫怡然之習，真堪痛心疾
首，末數語即魏風園有桃篇，『彼人是哉，子曰何其』，意也，此風雅
正傳。」嚴復稱：「宋代已然，以公處今宜如何耶？」又云：「此天下
之所以卒不救也，悲夫。」

〈同昌叔賦雁奴〉

> 鴻雁無定棲，隨陽以南北。嗟哉此爲奴，至性能懇惻。人

將伺其殆，奴輒告之亟。舉群竄而飛，機巧無所得。夜或以火取，奴鳴火因匿。頻驚莫我捕，顧謂奴不直。嗷嗷身百憂，泯泯眾一息。相隨入矯繳，豈不聽者惑。偷安與受給，自古有亡國。君看雁奴篇，禍福甚明白。

此借雁奴以寫忠臣為國家計，繩昏警惰，盡職憂國，然眾既不喜，又共嫉之，誠可哀也，故胡漢民詩云：「嗷嗷誰謂我心憂，一夜頻驚眾亦仇；從古偷安誤人國，不鳴終為雁奴羞。」

〈與微之同賦梅花得香字三首其三〉

淺淺池塘短短牆，年年為爾惜流芳，向人自有無言意，傾國天教抵死香。鬚裊黃金危欲墮，蒂團紅蠟巧能裝；嬋娟一種如冰雪，依倚春風笑野棠。

此詩鬚裊黃金句對杖奇警，獨與眾異，李注引邁齋閑覽云：「凡詠梅多詠白，而荊公詩獨云鬚撚黃金，蒂團紅蠟，不惟造語巧麗，可謂能道人不能到處。」

〈詠月三首〉

〔其一〕

寒光乍洗山川瑩，清影遙分草樹纖；萬里更無雲物動，中天只有兔隨蟾。

嚴復詩：「寒光清影蟾隨兔，此語吾知喻得君；聞道玉川悲月融，蝦蟆而外更無雲。」

〔其二〕

江海清明上下兼，碧天遙見一毫纖；此時只欲浮雲盡，窟穴何妨有兔蟾。

李注：「此見公包容小人之意，不知卒為己害，謂呂蔡之徒。」

〔其三〕

一片清光萬里兼，幾回圓極又纖纖；君看出沒非無意，豈為辛勤養玉蟾。

李注：「公詩意乃言從明至微，有深意。」

第五節 山林詩

安石寫景詩，不惟意境清麗，詞采精美，且能景中含意，事中瞰景，舒散恬淡，悠然自適，故黃山谷稱其「雅麗精絕，脫去流俗」（後山詩話），石遺室詩話稱：「余謂貴人之不能詩者，無論已，其能詩而最有山林氣者，莫如荊公，遇亦隨之，非居金陵後始然也。」陳衍並列舉山林氣重，而時覺黯然銷魂之句，七言如：「騷人自欲留佳句，忽憶君詩思已窮。」「柳絲不動千絲直，荷葉相依萬蓋陰。」「鷗鳥一雙隨坐嘯，荷花十丈對冥搜。」「病身最覺風露早，歸夢不知山水長。」「徐上青雲猶未晚，可無音問及滄浪。」「雲尙無心能出岫，不應君更懶於雲。」「試問道人何所夢，但言渾忘不言無。」「徐欲東風沙際綠，一如看汝過江時。」「白髮逢春惟有睡，睡聞啼鳥亦生憎。」「春風日日吹香草，山北山南路欲無。」「絮飛度屋何許柳，花落填溝無數桃。」「綠瓊洲渚青瑤草，付與詩工敢琢磨。」「長遭客子留連我，未快穿雲渡水心。」「數能過我論奇字，尙復令君見異書。」「嗟我與公皆老矣，拂天松柏見栽時。」「爲何更欲通南埭，割我鍾山一半青。」「背人照影無窮柳，隔屋吹香併是梅。」「拈花嚼蕊長來往，只有春風似我閒。」「臨溪放杖依山坐，溪鳥山花共我閒。」「此花似欲留人住，啼鳥無端勸我歸。」「無人語與劉玄德，問舍求田意最高。」「丈夫出處非無意，猿鶴從來自不知。」「看似尋常最奇崛，成如容易卻艱辛。」「山如碧浪翻江去，水似青天照眼明。」「十年流落負歸期，臨水登山各有思。」「更作世間兒女態，亂栽花竹養風煙。」「若見桃花生聖解，不疑還自有疑心。」「各據槁梧同不寐，偶然聞雨落階除。」「窺人鳥喚悠颺夢，隔水山供宛轉愁。」「春色惱人眠不得，月移花影上闌干。」五言如：「春風取花去，酬我以清陰。」「染雲爲柳葉，翦水作梨花。」「眠分黃犢草，坐占白鷗沙。」數句及全首者，如：「久聞陽羨溪山好，頗與淵明性分宜。」「但願一門皆貴仕，時將車馬過茅茨。」「一陂春水繞花身，花影妖嬈各占春；縱被春風吹作雪，絕勝南陌碾成塵。」「賀蘭溪上幾株松，南北東西有幾峯；買得往來今

幾日，尋常誰與坐從容。」此首直不似絕句。「北風吹人不可出，清坐且可與君棋；明朝投局亦未晚，從此亦不復吟詩。」「尚有殘紅已可悲，更憂回首秖空枝；莫嗟身世渾無事，睡過春風作惡時」。寄王逢原七古末四句云：「我方官拘不得往，子有餘暇宜能來；晤言相與入聖處，一取萬古光芒廻。」酬朱昌叔七律後四句云：「山蟠直瀆輸淮口，水泡長干轉石頭；乘興舟輿無不可，春風從此與公遊。」思王逢原七律後四句云：「廬山南墮當書案，湓水東來入酒巵；陳迹可憐隨手盡，欲歡無復似當時。」兩詩同一用筆用意，但一將來，一已往，一滿意，一悲傷耳。六言如：「柳葉鳴蜩綠暗，荷花落日紅酣；三十六陂春水，白頭想見江南。」與「三十年前此地，父兄持我東西。」用意亦同，但一遙想，一追念耳。

茲再舉數詩論之：

〈巫山高兩篇〉

〔其一〕

巫山高，十二峯，上有往來飄忽之猿猱，下有出沒瀲灔之蛟龍，中有倚薄縹緲之神宮。神入處子冰雪容，吸風飲露虛無中，千歲寂寞無人逢，邂逅乃與襄王通。丹崖碧嶂深重重，白月如日明房櫳，象牀玉几來自從，錦屏翠縵金芙蓉。陽臺美人多楚語，爭吹鳳管鳴鼉鼓，那知襄王夢時事。但見朝朝暮暮長雲雨。

〔其二〕

巫山高，偃薄江水之滔滔，水於天下實至險，山亦起伏爲波濤。其巔冥冥不可見，崖岸斗絕悲猿猱，赤楓青櫟生滿谷，山鬼白日樵人遭。窈窕陽臺彼神女，朝朝暮暮能雲雨，以雲爲衣月爲褚，乘光服暗無留阻。崑崙曾城道可取，方丈蓬萊多伴侶，塊獨守此嗟何求，況乃低回夢中語。

此詩飄逸綺麗，爲荊公古詩之另一體製，李壁注稱：「公此詩體製類歐公廬山高，皆一代之傑作。」劉辰翁評曰：「怪愈怪，奇愈奇，而正大切實，隱然破千古之惑，其飄然天地間，意陋視能賦。」陳

衍云：「三四兩句，橫絕一世，何減嵌崎乎數州之間，灌注乎天下之半邪？是能以文爲詩者。海於天地間，爲物最巨，猶詞費矣，山鬼於各詩辭中，三次見面，愈出愈奇矣；乘光七字亦驚人語。」梁啓超言：「學杜而自闢蹊徑者，公集中上乘也，山谷之七古，頗從此脫胎得來。」

〈題舒州山谷寺石牛洞泉穴〉

　　水泠泠而北出，山靡靡以旁圍；欲窮源而不得，竟悵望以
　　空歸。

朱文公楚辭後語云：「書山石辭者，宋丞相荊國王文公安石之所作也。公遊舒州山谷，書此辭於澗右，雖非學楚言者，而亦非今人之語也，是以學者尚之。」高齋詩話云：「舒州三祖山金牛洞山水聞於天下，荊公嘗題此詩，後人鑿山刊水，漸失山水之勝，非公題詩時比也。」劉辰翁評謂「甚似晉語，晉人乃不能及。」故晁无咎以之入續楚詞，以謂「具六藝群書之遺味」。

〈題西太一宮壁二首〉

〔其一〕

　　柳葉鳴蜩綠暗，荷花落日紅酣；三十六陂春水，白頭想見
　　江南。

〔其二〕

　　三十年前此地，父兄持我東西；今日重來白首，欲尋陳迹
　　都迷。

此二首語調自然，而清愁之態，宛然入目，西清詩話載：「元祐間，東坡奉祠西太一宮，見公舊題兩絕，注目久之曰：『此老野狐精也。』」陳衍宋詩精華錄稱：「絕代銷魂，荊公詩當以此二首壓卷，東坡見之曰，此老野狐精也，遂和之。又句云：『崇桃兮炫晝，積李兮縞夜』，寫桃李得未曾有。余嘗言荊公詩：有世說所稱謝征西之妖冶，沈子培極以爲然。荊公功名士，胸中未能免俗，然饒有山林氣，相業不得意，或亦氣機相感邪？」

〈北山〉

> 北山輸綠漲橫陂，直塹回塘灩灩時；細數落花因坐久，緩
> 尋芳草得歸遲。

後聯係名句，上句「細數落花」是果，「因坐久」是因；下句「緩尋
芳草」是因，「得歸遲」是果，二句因果對仗相反而相成，故方回瀛
奎律髓稱之，歷來詩家亦交口讚嘆，愛譽有加。藏海詩話云：「細數
落花，緩尋芳草，其語輕清；因坐久，得歸遲，則其語典重。以輕清
配典重，所以不墮唐末人句法中，蓋唐末人詩輕佻耳。」艇齋詩話：
「前人詩言落花有思致者三，王維：『興闌啼鳥喚，坐久落花多』。李
嘉祐：『細雨濕衣看不見，閒花落地聽無聲』。荊公：『細數落花因坐
久，緩尋芳草得歸遲。』」能改齋漫錄謂荊公此聯蓋本王摩詰「興闌
啼鳥喚，坐久落花多」（過楊氏別業），而其辭意益工。三山老人語錄
稱六一居士詩：「靜愛竹時來野寺，獨尋春偶過溪橋」，與荊公此聯皆
狀閑適，荊公之詩尤工（漁隱叢話）。石林詩話：「荊公詩律精嚴，至
細數落花因坐久，緩尋芳草得歸遲之句，但見舒閑容與之態耳，而字
字細考之，皆經檃括權衡者，其用意亦深刻矣。」

第六節　抒情詩

　　詩者，所以興觀群怨，以經夫婦，成孝敬，厚人倫，美教化，移
風俗者也。安石懷經綸之志，惓物與之情，遣情世外，忘懷得失，於
閒澹之中，寓悲壯之情；外死生，齊物我，不汲汲於富貴，不戚戚於
貧賤，〈無營〉詩云：「無營固無尤，多與亦多悔；物隨擾擾集，道與
翛然會。墨翟真自苦，莊周吾所愛；萬物莫足歸，此言猶在耳。」〈車
載板二首〉其一：「荒哉我中園，珍果所不產。朝暮惟有鳥，自呼車
載板。楚人聞此聲，莫有笑而莞。而我更歌呼，與之相往返。視遇若
搏黍，好音而睍睆。攘攘生死夢，久知無可揀。物弊則歸土，吾歸其
不晚。歸歟汝隨我，可相薶里挽」。其二：「鳥有車載板，朝暮嘗一至。
世傳鵩似鴉，而此與鴉似，唯能預人死，以此有名字。疑即賈長沙，

當時所遭值。洛陽多少年，擾擾經世意。粗聞方外語，便釋形骸累。吾衰久捐書，放浪無復事。尚自不見我，安知汝爲異。憐汝好毛羽，言音亦清麗。胡爲大多知，不默而見忌。楚人既憎汝，彈射將汝利。且長隨我遊，吾不汝羹胾」。皆可見其淡然自如之慨。劉須溪評其抒情詩稱：「其詩猶有唐人餘意者，以其淺淺即止，讀之如晉人語，不在多而深情自見也。」此言是矣，茲更舉例詳之：

〈寄吳氏女子一首〉

伯姬不見我，乃今始七齡。家書無虛月，豈異常歸寧。汝夫綴卿官，汝兒亦搢綖。兒已受師學，出藍而更青。女須知女功，婉嫕有典刑。自吾捨汝東，中父繼在廷。小父數往來，古音汝每聆。既嫁所願懷，孰如汝所丁。而吾與汝母，湯熨幸小停。丘園祿一品，吏卒給使令。膏粱以晚食，安步而輜軿。山泉皐壤間，適志多所經。汝何思而憂，書每說涕零。吾廬所封殖，歲晚愈華菁。豈特茂松竹，梧楸亦冥冥。芰荷美花實，瀰漫爭溝涇。諸孫肯來游，誰謂川無舲。姑示汝我詩，知嘉此林坰。末有擬寒山，覺汝耳目熒。因之授汝季，季也亦淑靈。

介甫長女適吳安持，寶文閣待制，陳衍稱「此亦棄外後不得意之詞」。梁啓超謂：「此蓋公女在都思親，而公有以解之；非特文章絕美，而慈孝之至性，亦溢於紙上矣。」

〈寄蔡氏女子二首〉

〔其一〕

建業東郭，望城西堠。千嶂承宇，百泉遶霤。青遙遙兮瀧屬，綠宛宛兮橫逗。積李兮縞夜，崇桃兮炫晝。蘭馥兮眾植，竹娟兮常茂。柳蔫綿兮含姿，松偃蹇兮獻秀。鳥跂兮下上，魚跳兮左右。顧我兮適我，有斑兮伏獸。感時物兮念汝，遲汝歸兮携幼。

〔其二〕

我營兮北渚，有懷兮歸女。石梁兮以苫蓋，綠陰陰兮承宇。

仰有桂兮俯有蘭，嗟汝歸兮路豈難。望超然之白雲，臨清
流而長嘆。

介甫次女適蔡卞，胡應麟詩藪云：「荊公寄蔡氏女子頗有楚風。」朱
文公楚詞後語云：「寄蔡氏女者，王文公之所作也，公以文章節行高
一世，而尤以道德經濟為己任。被遇神宗，致位宰相，世方仰其有為，
庶幾復見二帝三王之盛，而公乃汲汲以財利兵革為先務。引用凶邪，
排濱忠直，躁迫強戾，使天下之人，嚚然喪其樂生之心，卒之群姦嗣
虐，流毒四海，至於崇宣之際，而禍亂極矣。公又以女妻蔡卞，此其
所予之詞也。然其言平淡簡遠，翛然有出塵之趣，視其平生行事心術，
略無毫髮肖似，此夫子所以有于予改是之歎也歟。」雖極詆行事之非，
然不掩藻麗之美，故西清詩話載：「荊公在蔣山時，以近製示東坡，
東坡云：『若積李兮縞夜，崇桃兮炫晝』，自屈宋歿世，曠千餘年，無
復離騷句法，乃今見之。荊公曰，非子瞻見諛，自負亦如此，然未嘗
為俗子道也。」

〈一日歸行〉

賤貧奔走食與衣，百日奔走一日歸。平生歡意若不盡，正
欲老大相因依。空房蕭瑟施縂帷，青燈半夜哭聲稀。音容
想像今何處，地下相逢果是非。

安石妻吳氏，封越國夫人，此悼亡之作，語意最為悲傷。劉須溪云：
「此悼亡作也，古無復悲如此者。」李壁稱：「恐是元豐末年時作。」

〈君難託〉

槿花朝開暮還墜，妾身與花寧獨異。憶昔相逢俱少年，兩
情未許誰最先。感君綢繆逐君去，成君家計良辛苦。人事
反復那能知，讒言入耳須臾離。嫁時羅衣羞更著，如今始
悟君難託。君難託，妾亦不忘舊時約。

詩林廣記引熊勿軒云：「按神宗即位，召公參大政，公每以仁宗末年，
事多委靡舒緩，勸上變風俗立法度，上方銳於求治，得之不啻千載之
遇，公亦感激，知無不為。後公罷相，呂惠卿欲破壞其法，張諤、鄧

綰之徒，更相傾撼，上雖再召公秉政，逐惠卿等，而公求退之意已切，
遂以使相判江寧，此詩疑此時作也。」

　　此詩結語，終見荊公惓惓忠愛之心，魏了翁序稱：君難託之詩曰：
『人事反復那得知，讒言入耳須臾離』，則明君臣始終之義以返諸正。」
李雁湖注謂：「或言此詩恐作於神考眷遇稍衰時，詞意殆不類平日所
爲；兼神考遇公，終始不替，況大臣宜知事君之義，必不爲此怨尤也。」
然沈欽韓補注則謂：「詳此詩，則安石怨望之意顯然。長編，紹聖四
年五月，太學博士林自，用蔡卞之意，倡言於太學曰，神考知王荊公
不盡，尙不及滕文公之知孟子也。士大夫皆駭其言，不知由於安石素
來之怨望非薄其君也。」二氏持論互異，胡漢民曰：「李注君難託一
首甚確，而沈氏臆測羅織，自形其謬。」（不匱室詩鈔）故其詩云：「際
遇豐熙曠代無，金陵全未怨羈孤；如何曲解君難託，論世翻輸李雁湖。」
按張廣雅（之洞）亦有非荊公詩云：「中婦鳴環治酒漿，彈箏小婦鬥
新妝；爲君辛苦成家計，凍折機絲不怨涼。」意頗溫厚，語亦蘊藉。

第六章 餘 論

第一節 師 韓

　　安石少懷壯志，雄心萬丈，其詩多規模韓愈，信筆直書，嘗有詩
〈寄孫正之〉曰：「少時已感韓子詩，東西南北俱欲往」，又有〈奉酬
永叔見贈〉曰：「欲傳道義心雖壯，強學文章力已窮；他日若能窺孟
子，終身何敢望韓公。」李壁注引河東王僑尚友之言曰：「荊公於退
之之文，步趨俯仰，蓋升其堂入其室矣。而其言若是，豈好學者常慕
其所未至，而厭其所已得耶？故昭昧詹言明言：「半山本學韓公，今
當參以摩詰，此皆世人不能。」

　　邵氏聞見後錄卷十八以爲荊公既鄙夷退之力去陳言，而自作雪
詩，又全襲退之語。考較全集，此言信然，荊公詩語之自昌黎沾丐者
甚夥，茲列舉其偷語偷意之詩於次（括弧內爲韓詩）：

古　詩

　　　田背圻如龜兆出。復作龜兆圻。（或如龜圻兆。）
　　　落日已曾交彎語。（諒能交彎語。）
　　　疾若髭赴鑷。（若摘領底髭。）
　　　韓君揭陽居。（子先揭陽居。）
　　　卻願天日長炎赫。（卻願天日長炎曦。）

空當掃絲窠。（絲窠掃還成。）

齲齵喧呼坐滿床。（齲齵笑語言。）

章舉馬甲柱，固已輕羊酪。（章舉馬甲柱，鬥以怪自呈）

激激流水雨山間。（水聲激激風生衣。）

今夜江頭明月多。（一年月明今宵多。）

疑身在波濤。（猶疑在波濤。）

群兒謗傷均一口。（不知群兒愚，那用故謗傷。）

造次未可分賢愚。（未用相賢愚。）

生存苦乖隔。（生者困乖隔。）

此時少壯自負恃，意氣與日爭光輝。（少年意眞狂，有意與
　春競。）

出門信馬向何許。（只知閑信馬。）

雷公訴帝喘欲吹。（喘如竹筒吹。）

白髮望東南。（眇然望東南。）

下無根蒂旁無連。（浮雲柳絮無根蒂。）

律　詩

於此暢幽悄。（傾壺暢幽悄。）

騎火流星點。（騎火萬星攢。）

惜別有千名。（春醪又千名。）

學子滿堦除。（翩翩媚學子，墻屏日有徒。）

江湖相吐吞。（山狂谷狼相吐吞。）

獵較久隨時。（獵較務同俗。）

舊宅雨生菌。（見墻生菌徧。）

未妨他日稱居士，能使君疑福可求。（偶然題作木居士，便
　有無窮祈福人。）

有幹作身根作頭。（根爲頭面幹爲身。）

湖海離腸欲萬周。（別腸車輪轉，一日一萬周。）

終欲持杯滴到泉。（滴地淚到泉。）

斂退故應容拙者。（斂退就新儒。）

先營環堵祭牢疏。（四時登牢蔬。）

卑於爾雅注魚蟲。（爾雅蟲魚注。）

爲問火城將策試。（喜深將策試。）

何如雲屋聽窗知。（洒急聽窗知。）

擁馬尚多幾旬雪。（雪擁藍關馬不前。）

篝火尚能書細字。（夜書細字綴語言。）

中郎舊業無兒付。蔡琰能傳業。（中郎有女能傳業。）

眼從瞻望有玄花。（眼知別後自添花。）

舊山常夢直叢叢。（楚山直叢叢。）

事事只隨波浪去。（浪波沄沄去。）

年年空得鬢毛新。（不離文字鬢毛新。）

談笑難忘欲別前。（盃銜欲別前。）

老知隨俗厭雄誇。（雄誇吾厭矣）

直須傾倒樽中酒，休惜淋浪座上衣。（淋浪身上衣，顛倒筆
　下字。）

香草已堪回步履。（暫須回步履。）

可但風流追甫白。（遠追甫白感至誠。）

最宜相值倒吾瓶。（所嗟無可召，不得倒吾瓶。）

颸發齊如巨象隊。（陵如巨象隊。）

青天白日春常好。（青天白日花草麗。）

蕭條雞犬逢人少。（商顏暮雪逢人少。）

賤術縱工難自獻。（自獻良獨難。）

坐愁窮海瘴煙霏。（山入高下窮煙霏。）

囊垂鈴棧駝鳴圂。（載實駝鳴圂。）

衣冠萬國會，陵寢百神廟。（追攀萬國來，警衛百神陪。）

絕　句

深尋犖确行。（山石犖确行徑微。）

鬢亂釵橫特地寒。（春半邊城特地寒。）

晴日暖風生麥氣。（暖風抽宿麥。）

莫恨夜來無伴侶。（我來無伴侶。）

爭挽新花比繡襦。（競挽春衫來比並。）

背人相喚百般鳴。（誰人教解百般鳴。）

始奈重山複嶺何。（始奈月明何。）

驅馬臨風想聖丘。（乘桴想聖丘。）

始覺人間是夢間。（須著人間比夢間。）

小雨蕭蕭潤水亭。（天階小雨潤如酥。）

已分將身死勢權。無限殘紅着地飛。（已分將身著地飛。）

金屏翠幔與秋宜。（重重翠幔深金屏。）

可憐無補費精神。（可憐無益費精神。）

收功無路去無田。（有路即歸田。）

更作世間兒女態。（無爲兒女態。）

池面冰消水見沙。（江空水見沙。）

錢默存談藝錄評荊公偷襲昌黎詩稱：「更有若皎然詩式所謂偷勢者，如游土山示蔡天啓之或昏眠委翳四句，用前韻贈葉致遠之或撞關以攻十二句，全套昌黎南山詩爛漫堆象皴一段格調。」蓋荊公古體多學韓愈，用刻入之思，鍊奇矯之語，鬥偪仄之韻，爲兀傲之詞，深得其縋幽鑿險之致，其說理如散文之作（如讀墨，省兵，感事諸篇），乃韓愈「有韻之文」之嗣音，茲錄〈和吳沖卿雪詩〉一首以觀焉：

陽囘力能遄，陰合勢方奪。塡空忽汗漫，造物誰慫慂。輕於擘絮紛，細若吹毛氄。雲連晝已督，風助宵仍洶。憑陵雖一時，變化亦千種。簾深卷或避，戶隘關尤擁。滔天有凍痕，匝地無荒隴。飛揚類挾富，委翳等辭寵。穿幽偶相重，值險輒孤聳。積慘會將舒，群輕那久重。紛華初滿眼，消釋不旋踵。橋樹散飛花，空簷落懸湩。何當困炎熱，以此滌煩壅。共約市南人，收藏不爲冗。

第二節　宗　杜

荊公於詩人中特推尊杜甫，嘗作「杜甫畫像」詩，匪惟褒美其詩之高妙，尤崇尙其一飯不忘君而志常在民之仁心，其詩曰：「吾觀少陵詩，謂與元氣侔。力能排天斡九地，壯顏毅色不可求。浩蕩八極中，生物豈不稠。醜妍巨細千萬殊，竟莫見以何雕鎪。惜哉命之窮，顚倒不見收。青衫老更斥，餓走半九州。瘦妻僵前子仆後，攘攘盜賊森戈

矛。吟哦當此時，不廢朝廷憂。常願天子聖，大臣各伊周。寧令吾廬
獨破受凍死，不忍四海赤子寒颼飀。傷屯悼屈止一身，嗟時之人我所
羞。所以見公像，再拜涕泗流。推公之心古亦少。願起公死從之游」。
梁任公稱：「千年來言詩者，無不尊少陵，然少陵之在當時及其歿世，
尊之者固不眾也。」昌黎詩云：『李杜文章在，光燄萬丈長；不知羣
兒愚，何用多毀傷。』中晚唐人之所以目少陵者，可想見矣，其特提
少陵而尊之，實自荊公始。黃節《詩學》亦稱：「歐公而後，蘇黃之
前，獨推王安石，王漁洋亟稱其七言長句，要之荊公古近體皆能之。
荊公嘗論楊劉，以其文詞染當世，學者迷其端原，靡靡然窮日力以摹
之，粉墨青朱，顯鐪叢龐，無文章黼黻之序，其屬情藉事，不可考據
也（見張刑部詩序）。以故荊公之詩，一致力於杜甫，嘗謂世之學者，
至乎甫而後爲詩，不能至，要之不知詩焉爾（見老杜詩後集序）。夫
在宋之初，綴拾韓文者歐公也（見記舊本韓文後），綴拾杜詩者荊公
也。荊公作鄞令，得杜甫遺落詩二百餘篇，而杜詩始窺其完，自謂於
杜其詞所從出，一莫知窮極，而病未能學（亦見老杜詩後集序）。是
其尊杜至矣。」

安石編四家詩選，即以杜甫爲首，依次爲韓愈、歐陽修、李白，
據南詩話述其尊杜之因曰：「至於杜甫，則發斂抑揚，疾徐縱橫，無
施不可；蓋其緒密而思深，非淺近者所能窺，斯其所以光掩前人，而
後來無繼也」。王詩中有言及杜詩者：如古詩彎碕：「永懷少陵詩，菱
葉淨如拭。」（少陵渼陂行：菱葉荷花淨如拭。）送裴如晦即席分題
三首之三：「磨刀鱠嚴冬，宿昔少陵詩。」（子美贈姜少府詩：姜侯設
鱠當嚴冬。又：洗魚磨刀魚眼紅。）律詩次韻酬龔深甫二首其二：「他
日杜詩傳渭北。」（杜詩：渭北春天樹）送直講吳殿丞宰鞏縣：「更憶
少陵詩上語，知君不負鞏梅香。」（杜詩：秋風楚竹冷，夜雪鞏梅香）
與微之同賦梅花得香字三首其二：「少陵爲爾牽詩興，可是無心賦海
棠。」（子美詩：東閣官梅動詩興。）和晚菊：「子美蕭條向此時。」
（少陵詩：九日蕭條醉盡醒，殘花爛漫開何益。）次韻酬宋中散二首

之二：「素書款款誰憐杜。」（杜甫寄裴道州詩：久客每枉友朋書，素書一月幾一束。）凡此皆安石沈潛杜詩之證。

詩話中稱安石學杜甫者至多，艇齋詩話載：「東湖言荊公詩；多學唐人，然百首不如晚唐人一首。」虛谷詩話講：「半山詩步驟老杜，有工緻而無悲壯，讀之久則令人筆拘而格退。」（按宋詩鈔駁此謂安石遺情世外，其悲壯即寓閒澹之中。）王漁洋曰：「歐公之後，學杜韓者以荊公爲巨擘。」劉坦之論安石詩：「安石經術行業，固不暇論，而文章簡遠可法，詩宗杜少陵，間有古體，惜乎不多得也」（南溪筆錄羣賢詩話）。石林詩話記：「蔣天啓云：荊公每稱老杜『鈎簾宿鷺起，丸藥流鶯囀』之句，以爲用意高妙，五字之模楷。他日公作詩，得「青山捫蝨坐，黃鳥挾書眠」，自謂不減杜語，以爲得意，然不能舉全篇。余頃嘗以語薛肇明，肇明後被旨編公集，求之，終莫得，或云公但得此一聯，未嘗成章也。」

荊公嘗云：「詩人各有所得，「清水出芙蓉，天然去雕飾」，此李白所得也。「或看翡翠蘭苕上，未掣鯨魚碧海中」，此老杜所得也。「橫空盤硬語，妥帖力排奡」，此韓愈所得也」（苕溪前集卷五）。荊公模襲杜甫，亦有所得，唐子西文錄謂：「王荊公五字詩，得子美句法，其詩云：『地蟠三楚大，天入五湖低』（按次韻唐公三首其三：〈旅思〉作「地大蟠三楚，天低入五湖」。又〈吳江〉詩有「地留孤嶼小，天入五湖深」之句。）

王詩規模杜甫，有極其悲壯幽奇之趣者，如〈純甫出僧惠崇畫要余作詩〉，有學杜而自闢蹊徑者，如〈葛蘊作巫山高愛其飄逸因亦作兩篇〉，再如〈題燕侍郎山水圖〉：「往時濯足瀟湘浦，獨上九疑尋二女。蒼梧之野煙漠漠，斷隴連岡散平楚。暮年傷心波浪阻，不意畫中能更覩。燕公侍書燕王府，王求一筆終不與。奏論讞死誤當赦，全活至今何可數。仁人義士埋黃土，祇有粉墨歸囊褚。」方東樹曰：「前半畫，後半人，用寫起逆捲一句入題，仁人二句人畫雙收。看半山章法謹嚴，全從杜公來，不自以古文法行之也。」

　　茗溪漁隱詩話云：「半山老人題雙忠祠詩云：『北風吹樹急，西日照窗涼』，細詳味之，其託意深遠，非止詠廟中景物而已。蓋巡遠守睢陽，當是時安慶緒遣突厥勁騎攻之，日以危困，所謂『北風吹樹急』也。是時肅宗在靈武，號令不行於江淮。諸將觀望，莫肯救之，所謂『西日照窗涼』也，此深得老杜句法，如老杜題蜀相廟云：『映階碧草自春色，隔葉黃鸝空好音。』亦自別有託意在其中矣。」

　　〈虎圖〉一詩，漫叟詩話載：荊公嘗在歐公坐上，賦虎圖，眾客未落筆，而荊公草已就，歐公亟取讀之，為之擊節稱歎，坐客閣筆不敢作。」西清詩話中亦載此事，云此體乃杜甫畫鶻行，以紓急解紛耳。艇齋詩話亦稱：「東湖言荊公畫虎行，用老杜畫鶻行，奪胎換骨。」今錄二詩於下：

王安石〈虎圖〉：

　　壯哉非羆亦非貙，目光挾鏡當坐隅。橫行妥尾不畏逐，顧盼欲去仍躊躇。辛然我見心為動，熟視稍稍摩其鬚。固知畫者巧為此，此物安肯來庭除。想當槃礴欲畫時，睥睨眾史如庸奴。神閑意定始一掃，功與造化論錙銖。悲風颯颯吹黃蘆，上有寒雀驚相呼。搓牙死樹鳴老烏，向之俛啄如哺雛。山牆野壁黃昏後，馮婦遙看亦下車。

　　杜甫〈畫鶻行〉：高堂見生鶻，颯爽動秋骨。初驚無拘攣，何得立突兀。乃知畫師妙，功剖造化窟。寫此神俊姿，充君眼中物。烏鵲滿樛枝，軒然恐其出。側腦看青霄，寧為眾禽設。長翮如刀劍，人寰可超越。乾坤空崢嶸，粉墨且蕭瑟。緬思雲沙際，自有煙霧質。吾今意何傷，顧步獨紆鬱。

至模擬杜詩句者更多，茲錄之如下（括孤內為杜詩）：

古　詩

　　欲斸比鄰成二老。（與子成二老。）
　　舍南舍北皆種桃。（舍南舍北皆春水。）
　　何似當年萬竹蟠。（白帝城西萬竹蟠。）
　　不得同苦辛。（不復同苦辛。）

逆旅同偪仄。（偪仄復偪仄。）

談笑指揮回雨暘。（指揮能事迴天地。）

春從沙磧底。（春從沙際歸。）

三載厭食鍾山薇。（不厭北山薇。）

欲與稷契遇相希。（切比稷與契。）

淺淺受日光燜碎。（清見光燜碎。）

律　詩

終自懶衣裳。（地僻懶衣裳。）

莫負酒如泉。（東宮賜酒如流泉。）

行隨一明月。（昨夜月同行。）

家有賢人酒，門無長者車。（坐對賢人酒，門聽長者車。）

爲問隨陽雁。（君看隨陽雁。）

守歲夜傾銀。（傾銀注玉驚人眼。）

槎頭收晚釣。（漫釣槎頭縮項鯿。）

交情遠更親。（交情老更親。）

稍見青青色，還從柳上歸。（柳梢新葉卷春同。）（青歸柳
　　葉新。）

不改山河舊，猶餘草木荒。（國破山河在，城春草木深。）

泥沙圻蚌蛤，雲雨暗蛟螭。（螺蚌滿近郭，蛟螭乘九皋。）

江南春起柁。（君今起柁春江流。）

浮雲連海氣。（浮雲連海岱。）

何言萬里客，更作百身憂。（長爲萬里客，有愧百年身。）

態足萬峯奇，功纏一簣微。（一簣功盈尺，三峰意出群。）

空有肺肝摧。（塌然摧肺肝。）

蒼梧雲未遠。（蒼梧雲正愁。）

玉暗蛟龍蟄。（蛟龍欲蟄寒沙水。）

勝事閬州雖或有。（閬州勝事可腸斷。）

相看一噱散千憂。（一酌散千憂。）

篋中佳句得長留。（詩卷長留天地間。）

道林眞骨葬青霄。（赤霄有眞骨。）

紛紛易變浮雲白。（天上浮雲似白衣，須臾忽變爲蒼狗。）

華屋漫脩椽。（大屋尚修椽。）

欲持新句惱比鄰。（不將鵝鴨惱比鄰。）

揮毫何以報明珠。（詩成珠玉在揮毫。）

羌兵自此無傳箭。（青海無傳箭。）

願賦長鯨吸百川。（飲如長鯨吸百川。）

家傳豈獨賦河東。（楊雄更有河東賦。）

近代聲名出盧駱。（王楊盧駱當時體。）

不惟詩句似陰河。（李侯有佳句，往往似陰何。）

畫史雖非顧虎頭，還能滿壁寫滄州。（何年顧虎頭，滿壁寫
　滄州。）

篝燈時見語驚人。（語不驚人死不休。）

更覺揮毫捷有神。（下筆如有神。）

更覺荒陂人馬勞。（知子歷險人馬勞。）

滿眼霜吹宿草根。（霜霧在草根。）

十年親友半零落。（素交盡零落。）

葉鳥藏身自在啼。（鳥呼藏其身。）

談笑相過各有携。（手中各有携。）

布衣阡陌動成群。（胡人高鼻動成群。）

欲歡無復似當時。（可惜歡娛地，都非少壯時。）

一身還逐眾人行。（老逐眾人行）

詩看子建的應親。（詩看子建親。）

白日屢移催我老。（爾曹催我老。）

老木荒榛八九家。（江村八九家。）

河勢東南吹地坼。（吳楚東南坼。）

行看富貴酬勤苦。（富貴必從勤苦得。）

方看一鶚在秋天。（雕鶚在秋天。）

佳招欲覆杯中淥。（喧呼且覆杯中淥。）

花枝到眼春相映。（花枝到眼句還成。）

魯門未怪爰居至。（魯門鶏鶋亦蹭蹬。）

去馬來牛漫不分。（去馬來牛不復辨。）

綠髮朱顏老自悲。（人情老易悲。）

郡人誰敢慢陶潛。（他時如按縣，不得慢陶潛。）

射虎未能隨李廣。（短衣匹馬隨李廣，看射猛虎終殘年。）

無才處處是窮塗。（處處是窮塗。）

白霧青煙入馬蹄。（崑崙虞泉入馬啼。）

可能乘興酒家眠。（長安市上酒家眠。）

更邀江月夜臨關。（不夜月臨關。）

獨倚青冥望八荒。（倚劍望八荒。）

崢嶸空此詠枯楠。（梗楠枯崢嶸。）

他日白衣霄漢志。（無復霄漢志。）

絕　句

斷取滄州趣。（乘興遣畫滄洲趣。）

奈爾黃梅細雨何。（四月熟黃梅，冥冥細雨來。）

也有紅梅漏洩春。（漏洩春光有柳條。）

午窗殘夢鳥相呼。（水宿鳥相呼。）

背人飛過子城東。北人飛過北山前。（――背人飛。）

臥聽簷雨瀉高秋。（雨瀉暮簷竹。）

每思陶謝與同遊。（安得思如陶謝手，令渠述作與同遊。）

雞蟲得失何須算。（雞蟲得失無了時。）

長成須讀五車書。（男兒須讀五車書。）

事外還能見鳥情。（山光見鳥情。）

青青千里亂青袍。（堤草亂春袍。）

夕陽臨水意茫然。（夕陽臨水釣。又把酒意茫然。）

簾捲青山簟半空。（卷簾惟白水，隱几亦青山。）

萬里衡陽冬欲暖，失身元爲稻粱謀。（君看隨陽雁，各有稻
　粱謀。）

濛濛吹濕漢衣冠。（吹濕漢旌旗。）

野鳥不知人意緒。（野鴉無意緒。）

歌舞可憐人暗換。（閭閻兒女換，歌舞歲時新。）

蕭蕭長草沒麒麟。（草邊高冢臥麒麟。）

冥冥江雨濕黃昏。（冥冥江雨熟楊梅。）

天入滄州漫不分。（去馬來牛漫不分。）

肯爲行人惜馬啼。（未惜馬啼遙。）

波瀾蕩沃乾坤大。（納納乾坤大。）

滾滾滄江去復歸。（不盡長江滾滾來。）

可憐新月爲誰好。（不知明月爲誰好。）

長官白首尚人間。（白首尚人間。）

死生從此各西東。（揮淚各西東。）

那堪春入武陵源。（失路武陵源。）

第三節　絕　句

「五七字絕句最少而最難工，雖作者亦難得四句全好者，惟晚唐人與介甫最工於此」（誠齋詩話）。荊公小詩，精切藻麗，意遠思深，辭義清婉，格律精嚴；異乎宋詩之淺率疏淡，與唐調之沉鬱厚重。執兩用中，變化自得，琢句鍊字，華妙絕倫；所以盡古今之變，成一家之言者，厥在絕句之迴拔流俗，獨步騷壇也。

艇齋詩話謂：「絕句之妙，唐則杜牧之，本朝則荊公，此二人而已。」黃庭堅〈跋王荊公禪簡〉稱：「暮年小詩，雅麗精絕，脫去流俗，不可以常理待之也。」（豫章集）宋釋普聞《詩論》稱：「老杜之詩備於眾禮，是爲詩史，近世所論，東坡長於古韻，豪逸大度；魯直長於律詩，老健超邁；荊公長於絕句，閒暇清癯；其各一家也。然則荊公之詩，覃深精思，是亦今時之所尚也。」張邦基墨莊漫錄言：「七言絕句，唐人之作，往往皆妙，頃時王荊公多喜爲之，極爲清婉，無以加焉。」劉須溪評五絕曰：「五言絕難得十首好者，荊公短語長事，妙冠古今。」胡應麟《詩藪》載：「介甫五七言絕，當代共推，特以工緻勝耳，於唐自遠。六言『水泠泠而北出』四語，超然玄詣，獨出宋體之上，然殊不多見。五言〈南浦〉一詩，頗近六朝。至七言諸絕，宋調坌出，實蘇黃前導也。」楊萬里詩答徐材林談絕句云：「受業初參王半山，終須投換晚唐間；國風此去無多子，關捩挑來只等閒。」讀詩云：「船中活計只詩編，讀了唐詩讀半山；不是老夫朝不食，半

山絕句當朝餐。」其精妙如此，故嚴羽詩評曰：「五言絕句，眾唐人是一樣，少陵是一樣，韓退之是一樣，王荊公是一樣，本朝諸公是一樣。」滄浪詩話中特列「王荊公體」，並稱：「公絕句最高，其得意處，高出蘇黃陳之上，而與唐人尚隔一關。」

詩人玉屑錄〈宋朝警句〉，七言者有「窺人鳥喚悠颺夢，隔水山供宛轉愁。」「細數落花因坐久，緩尋芳草得歸遲。」「一水護田將綠遶，兩山排闥送青來」等句。苕溪漁隱選：「南浦隨花去，回舟路已迷；暗香無覓處，日落畫橋西。」（南浦）「染雲爲柳葉，翦水作梨花；不是春風巧，何緣見歲華。」（染雲）「簷日陰陰轉，牀風細細吹；脩然殘午夢，何許一黃鸝。」（午睡）「浦葉清淺水，杏花和暖風；地偏緣底綠，人老爲誰紅。」（蒲葉）「愛此江邊好，留連至日斜；眠分黃犢草，坐占白鷗沙。」（題舫子）「水淨山如染，風喧草欲薰；梅殘數點雪，麥漲一川雲。」（題齊安壁），以爲「觀此數詩，眞可使人一唱而三歎也。」

其他見於詩話稱引者尙多，如：

升庵詩話：宋詩信不及唐，然其中豈無可匹體者，在選者之眼力耳。如王半山雨詩云：「山中十日雨，雨晴門始開；坐看蒼苔紋，欲上人衣來。」……誰謂宋無詩乎？

娛書堂詩話：王荊公初夏絕句「石梁茅屋有灣碕，流水濺濺度兩陂。晴日煖風生麥氣，綠陰幽草勝花時。」范石湖云：嘗蒙恩獨引觴燕，壽王與行苑中，親誦後句，以爲佳。

臨漢隱居詩話：元豐癸亥春，余謁王荊公於鍾山，因從容問公比作詩否？公曰：久不作矣，蓋賦詠之言，亦近口業，然近日復不能忍，亦時有之。余曰：近詩自何始，可得聞乎？公笑而口占一絕云：「南圃東崗二月時，物華撩我有新詩。含風鴨綠鱗鱗起，弄日鵝黃嫋嫋垂」。此眞佳句也。

誠齋詩話：介甫云：「更無一片桃花在，爲問春歸有底忙。」「祇是蟲聲已無夢，三更桐葉強知秋。」「百囀黃鸝看不見，海棠無數出

牆頭。」「暗香一陣風吹起，知有薔薇澗底花。」不減唐人，然鮮有四句全好者。……介甫云：「水際柴扉一半開，小橋分路入青苔；背人照影無窮柳，隔屋吹香併是梅。」四句皆好矣。

辨陽詩話：王荊公書堂詩：「烏石岡頭上塚歸，柘岡西畔下書帷；辛夷花發白如雪，萬國春風慶歷時。」皆有可觀者。（案此句皆字無著，疑此詩前尚有一詩，傳寫佚脫。）

詩藪：宋絕句共稱者，子美「春陰垂野草青青」，介甫「金鑪香燼漏聲殘」，子瞻「臥看溪南十畝陰」，平甫「萬頃波濤木葉飛」。諸作雖稍有天趣，終自宋人聲口。

王詩絕句多用對仗，全部七十九首五絕中，前對格凡廿一首，後對格三首，全對格十一首；而五一六首七絕中，前對格計廿九首，後對格卅七首，全對格十首；蓋五絕多前對格，七絕多後對格，故陳衍以為：「荊公絕句，多對語甚工者，似是作律詩未就，化成截句。」

錢默存談藝錄稱：「曾子實，劉起潛皆以為荊公絕句機軸，得之昌黎天街小雨潤如酥一首。」韓愈〈初春小雨〉詩曰：「天街小雨潤如酥，草色遙看近卻無；最是一年春好處，絕勝花柳滿皇都。」（按韓昌黎全集作〈早春呈水部張十八員外〉。）文公此詩，開闔變化，委曲盡緻，於有限之句，含無窮之景，宜乎荊公之取法乎上也。

第四節 集 句

詩人讀書既多，每見古人佳句，割愛為難，掠美不得，故或化而入詩，以為己有；或集而成篇，久假不歸，此集句之所由起也。

或謂集句自王荊公始，如「風定花猶落，鳥鳴山更幽」之類，有多至百韻者，然此體實不自荊公始也。元陳繹曾《詩譜》稱：「晉傅咸作七經詩，其毛詩一篇略曰：『聿修厥德，令終有淑，勉爾遁思，我言維服。盜言孔甘，其何能淑。讒人罔極，有靦面目。』此乃集句詩之始，或謂集句始於王安石，非也。」苕溪漁隱載：「西清詩話云，

集句自國初有之，未盛也，至石曼卿人物開敏，以文爲獻，然後大著。嘗見手書下第偶成詩云：『一生不得文章力，欲上青雲未有因；聖主不勞千里召，姮娥何惜一枝春。鳳凰詔下雖霑命，豺虎叢中也立身；啼得血流無用處，著朱騎馬是何人。』又云：『年去年來來去忙，爲他人作嫁衣裳；仰天大笑出門去，獨對春風舞一場。』至元豐間，王荊公益工於此，人言起自荊公，非也」。麓堂詩話謂：「集句詩宋始有之，蓋以律意相稱爲善，如石曼卿王安石所爲，要自不能多也。」陔餘叢考亦謂「宋初已有集句，至石曼卿遂大著……曼卿又以『月如無恨月常圓』，對『天若有晴天亦老』，則固不始於荊公矣。」

集句雖非始自荊公，然其晚年特喜之耳，苕溪漁隱載：「呂氏童蒙訓云，爲詩文常患意不屬，或只得一句，語意便盡，欲足成一章，又惡其不相稱，若未有其次句，即不若且休，養銳以待新意，若盡力須要相屬，譬如力不敵而苦戰，一敗之後，意氣沮矣。荊公好集句，嘗於東坡處見古硯，東坡令荊公集句，荊公云，巧匠斲山骨，只得一句，遂逡巡而去。」其清切渾成，超妙入神，如出一手，天衣無縫，故王直方詩話云：「荊公始爲集句，多者至數十韻，往往對偶工於本詩，蓋以誦古今人詩多，或坐中率然而成，始可以爲貴也。」苕溪漁隱載：「遯齋閑覽云，荊公集句詩，雖累數十韻皆頃刻而就，詞意相屬，如出諸己，他人極力效之，終不及也。如老人行云，翻手爲雲覆手雨，當面論心背面笑，前句老杜貧交行，後句老杜莫相疑行，合兩句爲一聯而對偶親切如此。」滄浪詩話稱：「集句惟荊公最長，胡笳十八拍，渾然天成，絕無痕迹，如蔡文姬肺肝間流出」。冷齋夜話云：「吾弟超然善論詩，其爲人純至有風味，嘗曰……舒王百家衣體曰：『相看不忍發，慘淡暮潮平；欲別更携手，月明州渚生。』此皆得於天趣。」竹坡詩話亦謂：集句近世往往有之，惟王荊公得此三昧，前人所傳如「雨荒深院菊，風約半池萍」之句，非不切律，但苦無思耳。

然集句特文人筆墨之餘事，遊戲之一端，因難見巧，誇矜逞博，徒供稗官野史之傳載，與茶餘酒後之談助而已，究非詩道之正，故劉

貢父稱：「集古人之句，譬如蓬蓽之士，適有佳客，既無自己庖廚，而器皿肴蔌，悉假貸於人，意欲強學豪奢，而寒酸之氣，終是不脫。」（陔餘叢考）東坡答孔毅甫集句見贈，亦云：「羨君戲集他人詩，指呼市人如使兒；天邊鴻鵠不易得，便令作對隨家雞。退之驚笑子美泣，問君久假何時歸；世間好句世人共，明月自滿千家墀。」（漁隱叢話）冷齋夜話稱：「集句詩，其法貴速巧，如前輩曰：『晴湖勝鏡碧，衰柳似金黃』，人以為巧，然疲費精力日月而後成，不足道也。山谷以集句詩名曰百家衣，百家衣，今小兒文褓也。」後山詩話曰：「王荊公暮年喜為集句，唐人號為四體，黃魯直謂正堪一笑爾。」歷代詩話考索亦謂：「竹坡稱集句之工，推王荊公為得此中三昧。余謂只是記覽熟耳，云何三昧？山谷所謂眞堪一笑者也，且攻乎此，去詩道益遠。」

第五節　疑　詩

安石詩文，本出門弟子排比，非所自定，而鬻書者誇新逐利，率多亂眞，故舛錯竄錄，當時已然，此於大家詩文，固所不免，即荊公亦素知，嘗有「李漢豈知退之乎」之歎。今據前人考證，列舉疑非介甫語者如下：

遠引江山來控帶，平看鷹隼去飛翔。（歲寒堂詩話・疑非介甫語）
當時諸葛成何事，只合終身作臥龍。（苕溪漁隱・唐薛能詩）
春殘葉密花枝少，睡起茶多酒盞疎。（西清詩話・王元之詩）
吾皇英睿超光武，上將威名得隗囂。（西清詩話・王元之詩）
金陵獨酌：西江雪浪來天際。（西清詩話・王君玉詩）
寄劉原甫翰林：放逐蓬萊殿。（西清詩話・王君玉詩）
臨津艷艷花千樹。（西清詩話・王平甫詩）
天末海門橫北固。（西清詩話・王平甫詩）
不知朱户鎖嬋娟。（西清詩話・王平甫詩）
濃綠萬枝紅一點，動人春色不須多。（竹坡詩話・王平甫詩）
春色惱人眠不得，月移花影上闌干。（竹坡詩話・王平甫詩）
舞急錦腰纏十八，酒酣金盞困東西。（竹坡詩話・王平甫詩）

醉膽憤痒遣酒挲。（竹坡詩話・王逢原詩）

陪友人中秋賞月。（竹坡詩話・王逢原詩）

叔孫通。（錢大昕・宋景文詩）

落星寺。（王直方詩話・章傳道詩）

宮詞。（係王建宮詞闌入公集）

江陵夾口第三首。（疑方子通詩誤入公集）

送春。（李壁注・疑非公作）

青青西門槐。（李壁注・疑非公作）

望晼山馬上作。（李壁注・疑非公作）

寄程給事。（李壁注・疑非公作）

馬上轉韻。（李壁注・不類公作）

送王詹叔利州路運判。（李壁注・不類公作）

送趙學士陝西提刑。（李壁注・不類公作）

寄慎伯筠。（李壁注・或云王逢原詩）

題雱祠堂。（李壁注・或云王逢原詩）

江鄰幾邀觀三館書畫。（李壁注・疑梅聖俞詩）

春江。（李壁注・疑方子通詩）

歸燕。（李壁注・疑鄭毅夫詩）

訪隱者。（李壁注・疑鄭毅夫詩）

即席。（李壁注・疑王平甫詩）

上元夜戲作。（李壁注・疑王平甫詩）

第六節　仿　詩

　　夫絕妙好辭，天人共賞，麗語新聲，有口皆碑，此理勢所然，人情之常；安石以一世之雄，開百代之宗，媚學諸子，焉得而不望風引領，羣起效之哉？梁任公蓋嘗言之矣：「宋詩偉觀，必推蘇黃，以荊公比東坡，則東坡之千門萬戶，天骨開張，誠非荊公所及；而荊公逋峭謹嚴，予學者以模範之跡，又似比東坡有一日長。山谷為西江派之祖，其特色在拗硬深窈生氣遠出，然此體實開自荊公，山谷則盡其所長而光大之耳。祖山谷者必當以荊公為祖之所自出，以此言之，則雖

謂荊公開宋詩一代風氣，亦不爲過。」觀林詩話載：「山谷云：余從半山老人得古詩句法云：『春風取花去，酬我以清陰。』」是其明證。

　　安石〈題舒州山谷寺石牛洞泉穴〉詩，韻語陽秋云：「皇祐三年，荊公倅舒，與道人文銳，弟安國擁火遊石牛洞，玩李習之題字聽泉而歸。故有詩曰：『水泠泠而北出，山靡靡而旁圍；欲窮源而不得，竟悵望而空歸。』元豐間，魯直嘗至其處，亦題詩云：『司命無心播物，祖師有記傳衣；白雲橫而不度，高鳥倦而猶飛。』蓋效其作也。晁無咎續楚詞，載荊公詞以爲二十四言，具六藝羣書之遺味，故與經學典策之文俱傳，未曉其說也。」高齋詩話以爲：「魯直此詩，識者謂其語雖奇，亦不及荊公之自然也。」

　　〈題西太一宮壁二首〉其一：「柳葉鳴蜩綠暗，荷花落日紅酣；三十六陂春水，白頭想見江南。」其二：「三十年前此地，父兄持我東西；今日重來白首，欲尋陳迹都迷。」東坡見之謂「此老野狐精也」，並次其韻，其一曰：「秋草川原淨麗，雨餘風日清酣；從此歸耕劍外，何人送我池南。」其二曰：「但有樽中若下，何須墓上征西；聞道烏衣巷口，而今煙草萋迷。」山谷亦次之，其一曰：「風急啼烏未了，雨來戰蟻方酣；眞是眞非安在，人間北看成南。」其二曰：「晚風池蓮香度，曉日宮槐影西；白下長干夢到，青門紫曲塵迷。」山谷又有〈懷半山老人再次西太一宮韻二首〉，其一曰：「短世風驚雨過，成功夢迷酒酣；草玄不妨準易，論詩終近周南。」其二曰：「啜羹不如放麑，樂羊終愧巴西；欲問老翁歸處，帝鄉無路雲迷。」

　　其他如石洲詩話云：「王半山『青山繚繞疑無路，忽見千帆隱映來』。秦少遊『菰蒲深處疑無地，忽有人家笑語聲』所祖也。陸放翁『山重水複疑無路，柳暗花明又一村』乃又變作對句耳。」娛書堂詩話云：「荊公『繰成白雪桑重綠，割盡黃雲稻正青』之句，今古傳誦。」宋人〔延博案宋人二字似誤。〕紫芝送謝耘游准詩，有云：『柘空淮繭白，梅近楚秧青』，蓋模倣此。」王荊公和楊樂道見寄詩：「殺青滿架書新繕，生白當窗室久虛。」翁元圻注困學紀聞引元張雨題孫叔

明雪齋詩云：「生白定知虛室妙，殺青唯積古書多」，本於荊公。

艇齋詩話載：「政和間董迴王賓於館中和荊公叉字韻雪詩至一百篇，詩語雖未必盡入律，然叉字尋至百韻，佛書道書往往披盡，非博者不能也。」又載：「洪駒甫作陶靖節祠堂詩，全效荊公謝安墩古詩。」而載東湖（徐師川）擬荊公詩者尤夥，如荊公「別開小徑留松路，只與鄰僧作往還」，東湖化之云：「與客登臨定自好，它時無客與僧遊。」東湖詩云：「芙渠漫漫疑無路，楊柳蕭蕭獨閉門。」與荊公「漫漫芙渠難覓路，蕭蕭楊柳獨知門」同一機杼。「細落李花那可數，偶行芳草步因遲。」則擬荊公「細數落花因坐久，緩尋芳草得歸遲」者也。

第七節　詩　譏

世人多趨炎附勢，錦上添花，一旦時移勢異，則紛然奔避，反臉無情，此翟公之所以有：「一死一生，乃知交情；一貧一富，乃知交態；一貴一賤，交情乃見」之嘆。（史記汲鄭列傳贊）方荊公之貴也，賓客闐門；及廢，門外可設雀羅，甚者落井下石，詆毀百端。澠水燕談稱：「王荊公之時，學者得出其門，自以為榮，一被稱與，往往名重天下。公之治經，尤尚解字，末流務為新新，寖成穿鑿，朝廷患之，詔學者兼用舊傳注，不專治新經，禁援引字解，于是學者皆變所學，至有著書以詆公之學者。又諱稱公門人，故張芸叟為挽詞曰：『今日江湖從學者，人人諱道是門生』，及後詔公配享神廟，贈官賜諡，俾學者復治新經用字解，昔之學者，稍稍復稱公門人，有無名氏改芸叟卒章云：『人人卻道是門生』。胡漢民有詩詠之：「神泉高穴與雲平，不作笙鏞悅耳聲；何事青山捫蝨坐，人人都道是門生。」

後人謗荊公之詩獨多，宋楊萬里有譏荊公詩云：「一個書童一蹇驢，九年來往定林居；經綸枉被周公誤，相罷歸來始讀書。」（遊定林寺即荊公讀書處之二）蓋譏其泥古不學之過也。侯鯖詩話稱：「介甫熙寧初，首被選擢，得君之專，前古未有。罷政歸金陵，作日錄七

十卷，前朝舊德大臣，及當時名士不附己者，詆毀至無一完人者。其
間論法度，有不便於民者，皆歸於上，可以垂耀於後世者，悉己有
之……士大夫忠憤者，有詩云：『訓釋詩書日月明，紛紛法令下朝廷，
不知心本緣何事，苦勸君王用肉刑。』又云：『每愧先生道絕倫，古
來歸美是忠臣；門人李漢眞堪罪，何用垂編示後人。』」二老堂詩話
載陸務觀說東坡詩，引務觀之言曰：「王性之謂蘇子瞻作王莽詩譏介
甫云：『入手功名事事新』，又詠董卓云：『公業平生勸用儒，諸公何
事起相圖；只言世上無健者，豈信車中有布乎。』蓋譏介甫爭市易事
自相叛也。車中有布，借呂布以指惠卿姓，曾布名，其親切如此。」

〈何處難忘酒二首〉，王應龍翠屏筆談載：「鄭介夫和之云：『何
處難緘口，熙寧政失中；四方三面戰，十室九家空。見佞眸如水，聞
忠耳似聾，君門深萬里，安得此言通。』不知此詩曾達荊公否也。」
（沈氏補注）豫章詩話稱：「荊公新法煩苛，毒流寰宇，晚歲歸鍾山，
作放魚詩云：『物我皆畏苦，捨之寧啖茹』，其與梁武帝窮兵嗜殺，而
以麵代犧牲者何殊？羅大經有詩云：『錯認蒼姬六典書，中原從此變
蕭疎；幅巾投老鍾山日，辛苦區區活數魚。』」

甚有以宋祚之亡咎之者，升菴詩話載詠王安石曰：「劉文靖公因
書事絕句云：『當年一線魏瓠穿，直到橫流破國年。草滿金陵誰種下，
天津橋上聽啼鵑』。宋子虛詠王安石亦云：『投老歸耕白下田，青苗猶
未罷民錢。半山春色多桃李，無奈花飛怨杜鵑』。二詩皆言宋祚之亡
由於安石，而含蓄不露，可謂詩史矣。」梅磵詩話亦言：「荊公手種
松在定林菴前，高標挺然，上侵霄漢。南豐曾景建詩云：『彙進羣姦
卒召戎，萌芽培養自熙豐。當時手植留遺愛，只有巖前十八公』。此
亦誅心之論。」又謂：「荊公行青苗免役等法，引用一等小人，天下
受其害，卒召六十年後靖康之禍。洪平齋有詩云：『君臣一德盛熙寧，
厭故趨新用六經；但怪畫圖來鄭俠，何期奏議出唐坰。掌中大地山河
舞，舌底中原草木腥，養就禍胎身始去，依然鍾阜向人青。』按國史
俠嘗從安石學，坰乃安石所荐，皆以新法不便攻之，此詩乃五十六字

史論。近時李石山振龍題荊公定林菴一聯云：『誰令此地成南渡，所謂伊人在北山。』亦可傳」。

第八節　詩　風

　　荊公平生文體數變，晚年詩風，與少作截然不同，韓子詩云：「力去陳言誇末俗，可憐無補費精神」，蓋自道也。高齋詩話曰：「荊公題金陵此君亭詩云：『人憐直節生來瘦，自許高才老更剛。』賓客每對公稱頌此句，公輒顰蹙不樂，晚年與平甫坐亭上觀詩牌曰：少時作此題榜，一傳不可追改，大抵少年題詩可以爲戒，平甫曰：此楊子雲悔其少作也」。蓋語無含蓄，質直少味，故悔之也。胡漢民詩詠之曰：「聞唱旂亭轉不怡；少年有句悔難追；平生直節原無負，只是高才太自奇。」

　　石林詩話稱：「王荊公少時以意氣自許，故詩語惟其所向，不復更爲涵蓄。如『天下蒼生待霖雨，不知龍向此中蟠』，又『濃綠萬枝紅一點，動人春色不須多』，『平治險穢非無力，潤澤焦枯是有才』之類，皆直道其胸中事。後爲羣牧判官從宋次道，盡假唐人詩集，博觀而約取，晚年始盡深婉不迫之趣。乃知文字雖工拙有定限，然亦必視初壯，雖此公方其未至時，亦不能力強而遽至也」。蓋安石早年學韓，多使古體，用險韻，創怪句，如虎圖、酬王伯虎、泉、秋熱、賦龜、酬王詹叔奉使江南、白鶴吟諸篇皆是。晚年罷政，歸老定林，少年意氣，略不復存，盡取唐詩，心領神會，乃由學韓而法杜，詩風爲之一變。意境幽婉，脫去流俗，風格閑澹，律法精嚴，大非少作之比。故趙與時賓退錄稱：「公詩至知制誥乃盡善，歸蔣山乃造精絕，其後再送李璋下第，和吳沖卿雪詩，比少作如天淵相絕矣。」

　　歷來詩家，均盛讚其晚年之作，蘇軾稱：「荊公暮年詩始有合處。」（侯鯖錄）後山詩話載：「暮年詩益工，用意益苦。」又引黃魯直之言曰：「荊公之詩，暮年方妙。」又曰：「荊公暮年作小詩，雅麗精絕，脫去流俗，每諷味，便覺沆瀣生牙頰間。」漫叟詩話云：「荊公定林

後詩，精深華妙，非少作之比。嘗作歲晚詩云：『月映林塘澹，風含笑語涼；俯窺憐綠淨，小立佇幽香。携幼尋新菂，扶衰坐野航；延緣久未已，歲晚惜流光。』自以比謝靈運，議者亦以爲然。」石林詩話亟讚晚年詩律之精，然雕琢太過殊傷工巧。

第七章　結　論

　　荊公之詩，原本杜甫，旁逮諸家，上承歐梅，下啓西江，勁貼峭悍，精深簡淡；要能以淒婉出深秀，寓悲壯於夷曠，妙合詩教溫柔敦厚之旨，雅有山林閒適自得之趣；暮年小詩，尤雅麗精絕，允推獨步，錢基博謂：「大抵五言古，五言律絕，曠眞參盛唐王維，妙有悵惘不甘之意，抒其微喟。七言古奇崛出中唐韓愈，頗得硬語盤空之致，發其詼詭。七言律絕清遒似晚唐司空圖、方干，不乏絃外澄夐之韻，寄其深致。知用力於唐詩者深矣。獨不爲白居易之樂易，李商隱之綺靡，匪惟體格不相近，抑亦性行有不類也。」（中國文學史）梁啓超稱：「荊公之詩，實導西江派之先河，而開有宋一代之風氣，在中國文學史中，其績尤偉且大，是又不可不尸祝也。」茲略舉數家之言以觀焉：元劉將孫序：公詩爲宋大家，非文人詩，而其用文法，抑光耀以樸意，融制作爲裁體；陶冶古今而呼吸，如今精變塵秕而形神俱妙。其覈也，如老吏之約三尺，其麗也，又如一笑之可千金。歷選百年，亦東京之子美也，獨其不能如子美之稱於唐者，相業累之耳。嗚呼，使公老翰林學士，驩然一代詞宗，亦何必執政邪。

　　元母逢辰序：「詩學盛於唐，理學盛於宋，先儒之至論也，其論諸賢大家數，甚而有五言七言散文之誚，獨於臨川文正公之詩，莫有置其喙者……公之作詩，坐費日力而未始以爲悔，宜其法度嚴密音律

諧暢，而無異時五七言散文之弊，予故謂公之詩，非宋人之詩，乃宋詩之唐者也。」

劉辰翁評：其詩猶有唐人餘意者，以其淺淺即止，讀之如晉人語，不在多而深情自見也。

胡漢民詩：定肯低頭東野秀，不聞抗手玉川奇；斂情約性非容易，力挽唐風入宋詩。（自注：荊公兼學韓孟，其傾倒廣陵（王逢原），無異退之之於東野，惟廣陵時有近玉川子（盧仝）者，荊公無之，豈不爲耶？）

沈卓然跋：臨川文既以峭拔深奧稱，卓然自成一家，詩亦與眾頗異。要之淵源風雅，洗削浮華，可謂無邪者也。其謫居金陵以後作，率多憂國之辭，雖自咎爲少，而悃款流露，則又略與杜少陵近。

黃白山先生載酒園詩話評：讀臨川詩，常令人尋繹於語言之外，當其絕詣，實自可興可觀，不惟於古人無愧而已。吾嘗謂此不當以文恕其人，亦不當以人棄其文，特推爲宋詩中第一。其最妙者，在樂府五言古，七言律次之，七言古又次之，五言律稍厭安排，七言律尤嫌氣盛，然佳篇亦時在也。

高步瀛唐宋詩舉要：王介甫之思深韻遠，尤獲我心，然偉麗變爲清新，渾厚淪於鑱刻，有宋一代之詩，遂與唐分道揚鑣矣。

要之王詩節度嚴整而風華不減，興寄幽絕而韻味獨盛，胡漢民詩曰：「龍文虎脊接風騷，積抱爲工格自高；詎是書生辭賦氣，故將嚴整敵韓豪」，殆爲定評。

參考書目

1. 《箋註王荊文公詩》（廣文），王安石。
2. 《王安石全集》（河洛），王安石。
3. 《王臨川全集》（世界），王安石。
4. 《嚴復評點王荊公詩》。
5. 《王荊公詩文沈氏注》（中華），沈欽韓。
6. 《王荊公》（中華），梁啓超。
7. 《王安石》（中華文化社），蔣復璁。
8. 《王安石詩》（商務），夏敬觀。
9. 《王安石評傳》（商務），柯昌頤。
10. 《王安石政略》（商務），熊公哲。
11. 《宋元政治思想》（商務），王雲五。
12. 《王安石新法研述》（正中），帥鴻勳。
13. 《關於安石二三事》，于大成。
14. 《四庫提要》，紀昀。
15. 《藝海微瀾》，巴壺天。
16. 《毛詩》。
17. 《中國文學百科全書》，楊家駱。
18. 《翁注困學紀聞》，王應麟。
19. 《十駕齋養新錄》，錢大昕。
20. 《能改齋漫錄》，吳曾。

21. 《默記》，王銍。

22. 《昭明文選》，蕭統。

23. 《池北偶談》，王士禎。

24. 《宋元學案》，黃宗羲。

25. 《日知錄》，顧炎武。

26. 《中國文學批評史》，郭紹虞。

27. 《史國文學批評史大綱》，朱東潤。

28. 《中國文學發展史》。

29. 《中國文學史》，錢基博。

30. 《中國文學史》，葉慶炳。

31. 《不匱室詩鈔》（中華叢書），胡漢民。

32. 《中國文學研究》（華岡），錢用和。

33. 《論語》。

34. 《史記》。

35. 《漢書》。

36. 《後漢書》。

37. 《三國志》。

38. 《宋史》。

39. 《莊子》。

40. 《陶淵明全集》。

41. 《韓昌黎全集》。

42. 《杜工部集》。

43. 《黃豫章集》。

44. 《文心雕龍》。

45. 《詩品》。

46. 《苕溪漁隱叢話》，宋，胡仔。

47. 《詩人玉屑》，宋，魏慶之。

48. 《詩林廣記》，宋，蔡正孫。

49. 《觀林詩話》，宋，吳聿。

50. 《誠齋詩話》，宋，楊萬里。

51. 《詩文述評》（廣文），孫克寬。

52. 《中國詩史》（中華文化社），葛賢寧。
53. 《唐宋詩詞研究》（商務），張敬文。
54. 《詩》（世界），蔣伯潛。
55. 《人間詞話》，王國維。
56. 《鶴林玉露》，羅大經。
57. 《詩法》，元，楊仲弘。
58. 《詩法正論》，元，傅與礪。
59. 《宋詩之派別》（明倫），陳延傑。
60. 《律詩研究》（五洲），簡明勇。
61. 《唐宋詩舉要》（宏業），高步瀛。
62. 《王安石詩評》（中國詩季刊），葛連祥。
63. 《王安石詩專號》（中國詩季刊）。
64. 《後山詩話》，宋，陳師道。
65. 《林間錄》，宋，釋惠洪。
66. 《冷齋夜話》，宋，釋惠洪。
67. 《唐子西文錄》，宋，唐庚。
68. 《臨漢隱居詩話》，宋，魏泰。
69. 《庚溪詩話》，宋，陳巖肖。
70. 《優古堂詩話》，宋，吳并。
71. 《艇齋詩話》，宋，曾季狸。
72. 《藏海詩話》，宋，吳可。
73. 《碧溪詩話》，宋，黃徹。
74. 《歲寒堂詩話》，宋，張戒。
75. 《娛書堂詩話》，宋，趙與虤。
76. 《漫叟詩話》，宋，闕名。
77. 《容齋續筆》，宋，洪邁。
78. 《對床夜話》，宋，范晞文。
79. 《蘇詩紀事》，宋，蘇軾。
80. 《詩病五事》，宋，蘇轍。
81. 《辨陽詩話》，宋，周密。
82. 《侯鯖詩話》，宋，趙令畤。

83. 《風月堂詩話》，宋，朱弁。

84. 《詩論》，宋，釋普聞。

85. 《西清詩話》，宋，蔡絛。

86. 《北山詩話》，宋，佚名。

87. 《二老堂詩話》，宋，周必大。

88. 《藝苑雌黃》，宋，嚴有翼。

89. 《許彥周詩話》，宋，許顗。

90. 《竹坡詩話》，宋，周紫芝。

91. 《履齋詩話》，宋，孫奕。

92. 《滄浪詩話》，宋，嚴羽。

93. 《老學庵詩話》，宋，陸游。

94. 《石林詩話》，宋，葉夢得。

95. 《珊瑚鉤詩話》，宋，張表臣。

96. 《紫薇詩話》，宋，呂本中。

97. 《盧谷詩話》，元，方同。

98. 《瀛奎律髓》，元，方同。

99. 《詩譜》，元，陳繹曾。

100. 《升庵詩話》，明，楊慎。

101. 《藝苑巵言》，明，王世貞。

102. 《藝圃擷餘》，明，王世懋。

103. 《歸田詩話》，明，瞿佑。

104. 《麓堂詩話》，明，李東陽。

105. 《韻語陽秋》，宋，葛立方。

106. 《王直方詩話》，宋，王直方。

107. 《草堂詩話》，宋，蔡夢弼。

108. 《滹南詩話》，金，王若虛。

109. 《梅磵詩話》，元，韋居安。

110. 《吳禮部詩話》，元，吳師道。

111. 《南溪筆錄群賢詩話》，元，佚名。

112. 《漁洋詩話》，清，王士禎。

113. 《師友詩傳續錄》，清，王士禎。

114. 《蓮坡詩話》，清，查爲仁。

115. 《說詩晬語》，清，沈德潛。

116. 《一瓢詩話》，清，薛雪。

117. 《拜經樓詩話》，清，吳騫。

118. 《古今詩塵》，清，方起英。

119. 《宋詩鈔》，清，吳之振。

120. 《宋詩鈔補》，清管庭芬。

121. 《宋詩紀事》，清，厲鶚。

122. 《甌北詩話》，清，趙翼。

123. 《陔餘叢考》，清，趙翼。

124. 《詩藪》，明，胡應麟。

125. 《南濠詩話》，明，都穆。

126. 《豫章詩話》，明，郭子章。

127. 《菊坡叢話》，明，單宇。

128. 《載酒園詩話》，明，賀黃公。

129. 《詩譚》，明，葉廷秀。

130. 《寒廳詩話》，清，顧嗣立。

131. 《石洲詩話》，清，翁方綱。

132. 《歷代詩話考索》，清，何文煥。

133. 《歷代詩話》，清，吳景旭。

134. 《徐而庵詩話》，清，徐增。

135. 《隨園詩話》，清，袁枚。

136. 《漫堂詩話》，清，宋犖。

137. 《西江詩話》，清，裘君弘。

138. 《逃禪詩話》，清，吳喬。

139. 《昭昧詹言》，清，方東樹。

140. 《石遺室詩話》，清，陳衍。

141. 《石遺室詩話續篇》，清，陳衍。

142. 《宋詩精華篇》，清，陳衍。

143. 《詩學》，民，黃節。

144. 《談藝錄》，民，錢默存。